# 복덕방

# 복덕방

이태준 지음

B 범우

# 이태준 소설의 향취

일반적으로 우리 소설의 주류를 단편이라고 말하는데, 이 말은 부분적으로는 맞는 이야기다. 사실상 김동인과 현진건, 그리고 염상섭과 이효석 등으로 이어지면서 전개되어온 우리 소설사에 있어서 단편소설은 비단 개별 작가들의 개인적인 성향을 드러내는 것에서 그치지 않고 동시대의 사회적 삶의 제반 양상들을 진솔하게 기록해왔기 때문이다. 그리하여 우리 단편소설은 1930년대에 들어 비로소 제 궤도에 올라서게 되는데, 바로 이 작업을 훌륭하게 수행해낸 작가로 일반적으로 이태준을 꼽거니와, 오늘날의 시점에서도 그를 근대적인 우리 단편소설의 한 완성자로 평가하는 데에 별다른 이견이 없어보인다.

하지만 이태준이라는 작가는 분단으로 인한 남북의 이데올

로기 대립 속에서 의도적으로 망각되어져 왔으며, 그런 까닭에 일반인들에게는 여전히 낯선 작가로 남아 있을 수밖에 없었다. 하지만 이태준이라는 작가는 우리의 소설이 어디에서부터 발원하였고 또 어떤 경과를 거쳐 오늘에 이르렀는가를 다소 개략적으로 살펴보고자 하는 사람들이라면 그 누구를 막론하고 거쳐가야 하는 1930년대 소설계의 거봉으로 엄연히 존재하고 있다. 그리고 그 몫은 앞서 말했듯 한국적인 단편소설의 확립에서 찾을 수 있다. 그리고 이는 당대의 시인 정지용이 자신의 운문과 상허尙虛의 산문을 나란히 놓고 말한 적이 있다는 사실에서도 확인할 수 있다.

상허 이태준의 작품활동은 1925년 《시대일보》에 발표된 〈오몽녀伍夢女〉에서부터 비롯하지만 현재 우리가 그의 절편으로 꼽는(그리고 이 책에도 수록되어 있는) 거개의 작품들은 대개가 1930년에서부터 1937년 사이에 씌어진 작품들이다. 그리고 비록 적지 않은 장편들을 남기고 있기는 하지만, 이태준 문학의 본령은 역시 단편이라고 할 수 있다. 그 이유는 동시대의 작가들과는 달리 그만이 가지고 있었던 소설에 대한 견해 및 삶을 바라보는 생래生來적으로 따뜻한 그의 시선에서 찾을 수 있다. 사실상 이 책에 수록된 〈복덕방〉 〈가마귀〉 〈불우 선생〉 〈달밤〉 〈색시〉 〈꽃나무는 심어놓고〉 등의 작품에서 독자들은, 정녕 아무런 사심없이 주어진 시대를 살고자 했으나 여러 가지 이유 때문에 삶에 좌절하고 마는 많은 인물들을 만나고 또 그들의 삶의 모습을 목격한다. 가령 〈불우선생〉〈복덕방〉과 같은 작품에서는 옛적의 기개를 간직한 노인의 삶의 조락凋落과 자식들에 얹혀사는 노인들의 애환을 보는가 하면 〈달밤〉〈색시〉〈꽃나무는 심어놓고〉 등과 같은 작품에서는 가난하지만 순수한 마음씨를 지닌 인물들을 통해 잔잔하게 우러나는 삶의 애환을 내 것처럼 경험하는 것이다. 이런 점에서 최재서가 이태준의 단편의 세계에 대해 다음과 같이 말한 것은 아주 정확히 본 해석이라고 할 수 있다.

이태준의 단편을 한 번 읽은 사람이면 그 작품의 인물들을 잊지 못한다. 인물 자체로 보면 하잘것없는 존재들이지만 읽고 난 뒤에 언제까지나 인상에서 사라지지 않는 야릇한 매력을 가진 것이 이씨의 작품인물들이다. 낙백落魄한 유자儒者, 누항陋巷에 침면하는 퇴기退妓, 불우한 소학교원이나 혹은 유랑하는 농민, 어리석은 신문배달부, 생에 희망을 잃은 노인 등 말하자면 인생의 그늘 속에서 움직이는 희미한 존재들이 이태준의 예술 세계 안에선 선명한 인간상으로서 나타나 있다.

—《문학과 지성》 중에서

최재서의 위의 말은 사실상 이 책에 수록된 그의 단편의

전 세계를 요약하고 있는 말이라고 해도 과언이 아니다. 위에서 최재서가 이야기한 인물들은 모두 이태준의 단편에 등장하고 있는 그렇고 그런 인물들의 구체적인 면모이기 때문이다. 하지만 그러한 인물들을 다룬다고 해서 그의 시선이 안이한 것은 결코 아니다. 왜냐하면 그가 그러한 작품을 통해서 의도하는 것은 결국 동시대 주변인들의 삶에 대한 환기, 그리고 그것을 통한 독자와의 대화이기 때문이다. 사실상 〈복덕방〉이라든가 〈불우 선생〉, 그리고 이 책에 수록되지는 않았지만 〈영월 영감〉과 같은 소설을 읽으면서, 우리는 이제 뒷전으로 물러나 앉아야 하는 노인들의 의식과 삶이 얼마나 애처로운가를 생각하게 되고, 시대의 추이가 평범한 뭇 인간들의 삶에 어떻게 간섭하고 그들의 운명을 결정하는가 하는 등등의 장면들을 눈에 보듯 목격하게 되기 때문이다.

이렇듯 상허가 그의 많은 단편들에서 일관되게 공적인 사회적 삶의 현장으로부터 한걸음 물러서 있는 사람들, 그리고 삶으로부터 외면당한 주변적인 인물들을 그리는 것은 비단 옛 것, 사라져가는 것들과 그런 존재들에 대한 그의 개인적인 향수 때문만은 아니다. 오히려 그는 자신의 수필에서 보여주듯 옛 것에 대한 완상취미가 자칫 건강한 생활에의 의욕을 나태하게 할 수 있음을 스스로 경계해왔던 작가다. "소설은 인물의 발견이다"라고 상허 자신이 자신의 수필에서 쓰고 있듯

이, 변두리적인 인물군상에 대한 그의 지속적인 시선은 결국 당대의 현실을 구체적으로 포착하는 것을 목적했던 그의 투철한 소설관의 소산임을 우리는 분명히 인식할 필요가 있다.

물론 근래의 짜임새 있고 그 다루는 바 주제도 중후한 단편들에 다소라도 친숙해 있는 독자들의 경우엔 아마도 이와 같은 인물들을 중심으로 전개되는 이태준의 단편들이 다소 힘없이 보일 수도 있을 것이다. 인물들의 면모도 그렇지만, 작가·서술자가 그 인물들의 삶을 형상화해내는 기법도 그다지 치밀하지는 않고, 더러는 마치 작가가 자기 생활 주변에서 목격할 수 있는 삽화들을 소재로 한 일종의 에세이처럼 보일 수도 있기 때문이다. 그만큼 이태준의 작품은 풀어져 있는 것이다. 그러나 이태준의 작품은 바로 그 에세이다운 면모로 인해 읽는 이들로 하여금 다시 한 번 인생의 페이소스를 느끼게 하고 또 그로부터 다시 자신의 생활을 되돌아보게 만드는 힘을 가지고 있다.

상허의 이런 면은 그가 친숙해 있었던 동양적인 정신에 대한 경도와도 무관하지 않은데, 〈명제 기타〉라는 수필에서 하고 있는 진술 또한 그의 단편소설의 본질적인 의미를 이해하는 데 좋은 길잡이가 되리라고 생각한다. 그는 소설의 구상에 대하여 다음과 같이 말한다.

동양소설에서는 삼국지류의 무용전武勇傳이기 전에는 서양에 서처럼 고층건축과 같은 입체적 설계는 어렵다. 생활형식이 저들은 동적인데 우리는 정적이요, 저들은 입체적인데 우리는 평면적이다. 점잖은 인물이면 저들과 같이 결투를 청하거나 경마나 골프를 하지 않고 정자에 누워 반성하고 낚시질이나 바둑을 둔다. 이렇게 조용한 인물과 생활을 가지고 변화를 부린댔자 작자의 뒤스럭만 보이기가 십상팔구다.

—《무서록》중에서


위의 글을 자세히 보면 우리는 상허가 자신의 소설을 사소설이라고 폄하貶下하는 경향이 있는 것을 알면서도 일관되게 자유분방한 에세이와 같은 회고담, 혹은 에피소드의 제시와 같은 소품들을 쓰게 된 이유는 물론이거니와 더 나아가서 그의 소설 전체를 관통하는 하나의 작법까지도 유추할 수 있게 된다. 그의 수필에서도 드러나는 것이지만, 동양의 전통적인 문방사우라든가 민예품 등에 대한 그의 진지한 해석도 결국은 위와 같은 동양적 미의식에 대한 믿음 및 경도에서 비롯된 것으로서, 옛 것의 현대적 해석이라는 일관된 맥락을 유지하고 있는 것이다.

전통의 문제가 그 어느 때보다도 절실하게 대두되고 논의

되고 있는 시점에서 그간 묻혀졌던 이태준의 작품이 비록 전부는 아닐지라도 이렇게 자그마하게 묶여져서 독자들에게 쉽사리 전달될 수 있게 된 것은 좋은 일이다. 특히 그것은 두 가지 의미에서 그러한데, 하나는 그의 면모가 독자에게 보다 쉽게 드러날 수 있게 되었다는 의미에서고, 다른 하나는 조그마한 판본의 형태가 상허의 책에 대한 지론과 그대로 부합한다는 의미에서다.

다음과 같은 그의 말은 책 판형의 낭비가 왕왕 거론되고 있는 지금 시점에서도 그렇고 또 그의 작품에 대해서도 시사하는 바가 많은 주옥 같은 글(수필 〈책〉)이기에 독자들의 일독을 권하며 기꺼이 인용하고 싶다.

책에만은 나는 봉건적인 여성관이다. 너무 건강해선 무거워 안 된다. 가볍고 얄팍하고 뚜껑도 예전 능화지菱華紙처럼 부드러워 한손에 말아 쥐고 누워서도 읽기 좋기를 탐낸다. 그러나 덮어놓으면 떠들리거나 구김살이 잡히지 않고 이내 고요히 제 태態로 돌아가는 인종忍從이 있기를 바란다고 할까.

문학평론가 김경수金慶洙

# 차례

# 불우 선생

H군과 나는 그를 '불우 선생'이라 부른다. 불우 선생을 우리가 처음 알기는 작년 여름 돈의동敎義洞 의신 여관에 있을 때다. 하루는 저녁때가 다 되어서 늙은 손님 하나가 주인을 찾았다.

"이리 오너라"

하고 부르는 소리만은 아마 그 집 대문간에서 나던 소리 중에는 제일 점잖고 위풍이 있었으리라고 생각한다.

눈딱부리 주인 마님은 안마루에 앉아 저고리 가슴을 풀어헤치고 콩나물을 다듬고 있다가 너무나 놀라서 허겁질을 해일어섰던 것이다.

객실이 너절한 만큼 우리 같은 무식자들이나, 유식자들이라 해도 무슨 보험회사 외교원 같은 입심으로 사는 친구들만 모여들어 그악은 부리면서도 늘 밥값은 받는 것보다 떼이는 것이 더 많은 마나님이라 찾아온 손님이 그 목소리만 점잖은

듯하여도 게서 더한 반가움은 없는 듯하였다.

주인 마님은 저고리를 여미고 가래 끓는 목청을 다듬으며,

"네."

소리를 거듭하며 달려나왔다.

그때 문간방에 있던 H군과 나는 "저 마누라 능청 떠는 것을 좀 봐" 하고 잠잠히 문간 쪽을 듣고 있었다. 그랬더니 우리의 상상과는 딴판으로 주인 마님의 목소리는 고분고분하지가 않았다.

고분고분은 그만두고 무뚝뚝한 것도 지나쳐 반 역정을 내는 데는 너무나 의외였다.

"당신이 찾소? 누구를 보려고?"

"아니 누구를 보러 온 게 아니요, 여관 영업 패가 붙었으니 묵으러 온 것이지……."

"무슨 손님이 보따리 하나 없단 말이요?"

"허! 이게 여관업자로 무슨 무례한 말씀이요, 보따리가 밥값 내요?"

주인 마누라는 겉보기와 속마음은 딴사람이었다. 아니 겉과 속이 다르다기보다 H군의 말마따나 금붕어에 비긴다면 그 마나님은 겉과 속이 꼭 같은 사람이었다.

눈알이 붉거진 것도 금붕어요, 얼굴이 붉고 궁둥이가 디룩디룩하는 것도 금붕어요, 또 마음이 유순한 것도 금붕어 같

은 마님이었다. 팔자 타령과 함께 역정이 날 때는 집에 불이라도 지르고 끝장을 낼 것 같다가도, 그는 오래 성내고는 자기 속이 견디지 못하는 성미였다.

밥값들을 안 낸다고 방마다 문을 열어젖뜨리고 야단을 친 그 날일수록 오히려 무엇을 잡혀다가라도 반찬을 특별나게 차려 내놓는 인정 많은 마나님이었다.

그래서 그 날도 처음 나가 말 나오듯 해서야 그 손님이 어딜 문 안에 들어서다니, 단박 쫓겨나가고 말 것 같았으나 결국은 우리 있는 옆방으로 방을 정해 들어앉힌 것이다.

과연 그 손님은 목소리만은 점잖았다. 의복이 초췌해 그렇지, 신수도 좀스럽거나 막된 사람은 아니었다. 그는 후줄근한 모시주의에 맥고 모자는 3년 이상을 그 모자로만 치렀는지 먼지가 떡가루처럼 앉고 베 헝겊조차 땀에 얼룩이 져 있었다. 툇돌 위에 벗어놓았다가 다시 집어 툇마루 위에 올려놓는 신발도 그리 대단스럽지는 못한 누르퉁퉁한 고무신이었다.

이 새로 든 손님은 우리 방에서 같이 저녁 상을 받게 되었다. 그가 든 방은 겨우 드나드는 문 하나밖에 없어 낮에도 어둡고 바람이 통하지 않아 웃돈을 받고 있으래도 못 있을 방이다.

그래서 주인 마님도 여름만 되면 아예 휴등을 해두고 말기 때문에 늦은 저녁을 불 있는 우리 방에서 같이 먹게 된 것이다.

우리는 밥상을 받기 전에 이웃방 손님과 통성명을 하였다.

그는 우리에게 존장뻘이 훨씬 넘는 중노인으로 이름은 송 아무개라 하였다. 그는 별로 말이 없이 한 손으로 부채질만 하면서 밥만 급한 듯 퍼먹었다. 우리는 반 그릇도 못 먹었을 새에 그의 밥사발은 밑바닥이 긁히는 소리가 났다. 그리고 그는 밥숟갈을 놓자마자 자기 손으로 밥상을 든 채

"실례했소이다"

하면서 우리 방에서 나갔다.

그 날 밤이다. 우리는 저녁 후에 가까이 있는 파고다 공원에 가서 두어 시간을 보내고 오니까, 우리 옆방 굴속 같은 어두운 방 속에선 와왕 글 읽는 소리가 났다. 물론 새로 든 그 방 주인의 소리겠지만 그렇게 청승스럽게 잘 읽는 소리는 처음 들었기 때문에 우리는 귀를 빼앗기고 듣고 있었다. 그때는 무슨 글인지는 몰랐으나 "굴원이 기방에"니 "행음 택반할새 안색이 초췌"니 하던 마디를 생각해보면 도연명陶淵明의 어부사漁父辭를 읽었던 모양이다.

우리는 무조건하고 글 소리에 경의를 느끼었다. 그리고

"송 선생님"

하고 그를 찾아 그 방은 더우니 우리 방에 와 자자고 청하였다. 그는 조금도 사양 없이 우리 방으로 왔다. 그리고 우리가 한 가지를 물으면 두 가지 세 가지씩 자기의 신상담을 비롯하여 조선의 최근 정변이며 현대 사상 문제의 여러 가지와 일본

엔 백년지계를 가진 정치가가 없으니 중국에 손일선孫逸仙이가 어떠했느니 하고 밤이 깊도록 떠벌렸다. 그때 그의 말 중에 제일 선명하게 기억되는 것은, 자기는 10여 년 전만 해도 1000여 석 추수를 받아먹고 살던 귀인이었다는 것과 그 재산이 한말韓末 풍운 속에서 하룻밤 꿈처럼 얻은 것이라 불순한 재물인 것을 깨닫던 날부터는 물 퍼내 버리듯 하였다는 것과 한동안은 시대일보時代日報에서도 중요 간부였었고 최근에 중외일보中外日報에서도 자기가 산파역을 한 사람 중의 하나였다는 것과, 오늘의 자기는 이렇게 행색이 초췌해서 서울을 객지처럼 여관으로 돌아다니지만 여섯 식구나 되는 자기 집안이 모두 서울 안에 있다는 것과, 이렇게 여관으로 다니는 것은 집에선 끼니가 간데 없고 친구들의 신세도 씩씩할 뿐만 아니라 친구들이라야 모두 신문사 간부급의 인물들이라 그들의 체면도 생각해야겠고, 또 그네들이 요즘 와선 전날의 기상氣象들이 없어지고 무슨 은행이나 기업의 중역처럼 아니꼽게 구는 것이 메스꺼워 찾아가지 않는다는 것과 또 이렇게 여관으로 다니면 동지라 할까 나 같은 사람을 알아주는 사람을 만날까 함이라는 것, 이런 것들이다.

"그러면 송 선생은 송 선생을 알아주는 사람을 만나면 무슨 일을 하시겠소?"

하고 우리가 물었더니 그는

"알아만 주는 것으로 일이 돼요? 돈이 나올 사람이라야지"
하였다.

"돈도 많이 낼 사람이라면 말입니다."

"나 그럼 신문사 하겠소, 요즘도 셋이나 있긴 하지만 그것들이 신문사요? 조선서는 그런 신문사 백이 있어도 있으나마나요……"
하였다.

"선생님 댁은 서울이시라면서 이렇게 다니시면 댁 일은 누가 봅니까? 자제분이 봅니까?"

"나는 철난 자식 없소. 어머니가 아직 생존해 계시고, 여편네하고, 과부된 제수 하나하고 딸년 둘하고, 아들이라곤 이제 열두어 살 나는 것 하나하고, 모두 여섯 식구가 집에 있지만 난 집안일 불고不顧하지요. 불고 안 한댔자 별 도리가 무에요만!"

"그럼 댁에서들은 달리 수입이 있습니까?"

"수입이 무에요. 굶는 데 졸업들이 되어 잘들 견디지요. 몇 달에 한 번 혹 그 앞을 지날 길에 들여다보아야 그렇게 굶고들도 1명 축나는 법도 없지요, 저희 굶다 못 견디면 도둑질이라도 하겠지요."

"그러면 도둑질이라도 하게 두신단 말씀입니까?"

그때 H군이 물어본 말이었다. 그는 늙었으나 정력이 가득

차 보이는 눈이 더 한층 빛나며 태연히 이렇게 대답하였다.

"내가 내 식구들만 먹이기 위해서 도둑질을 한다면 그것은 죄가 되지요. 그러나 제각기 제 배가 고파서 훔치는 것은 벌 받을 만한 죄악은 아니겠지요. 나는 그렇게 생각하고 아무런 책임감도 없이 다니오."

그 날 저녁 그는, 우리 방 윗목에서 잤다. 드러누워서 어찌 방귀를 뀌는지 H군이 견디다 못해 "무슨 방귀를 그렇게 뀌느냐" 하니 그는 "호랑이 방귀라" 하였다.

"그게 무슨 말이냐" 하니까 "끼니를 규칙적으로 못 먹고 몇 끼씩 굶었다가 생기면 다부지게 먹으니까 창자 속에 이상이 일어난 표현이라" 하였다.

그 이튿날 아침도 주인 마나님은 이 허절한 손님에게 조반은 주었다. 그리고 조반상이 끝나자 나와서

"어서 두어 끼 자셨으니 다른 여관으로 가시오"

하였다. 그러나 손님도 손님이라 노여움도 타지 않고

"여관에서 객을 마대다니 참……"

하였다.

"왜 객을 마다오, 누가…… 그럼 선금을 내시구려."

"돈 잡히고 밥 사먹는 녀석이 어디 있소?"

"그럼 어서 나가시오. 나 두 끼 밥값도 안 받을 테니 어서 가 시오. 별꼴 참 다 보겠군…… 댁이 내게 무슨 친정붙이나 되

시오? 무슨 턱에 내 집에 와 성화요, 암만 있어야 밥 나올 줄 아오?"

"안 내보내면 굶구 견뎌보리다……."

그 날 저녁은 정말 우리 밥상만 나왔다. 그런데 덥다는 핑계로(사실 그의 방에 들어앉아 있을 수도 없었지만) 우리 방에 와 있으니 똥과 달라 사람을 옆에 놓고, 더구나 우리는 점심이나 먹었지만 긴긴 여름날 하루를 그냥 앉아배긴 사람을 모르는 체하고 우리만 먹을 수가 없었다.

"같이 좀 듭시다."

"아니요, 나는 노형네와 달라 잘 굶소, 아무렇지도 않소. 노형네가 미안할 것이니 저녁 상이 끝나도록 나는 내 방으로 가 있으리다"

하고 일어섰다. 그러나 우리는 일어서는 그를 잡아 앉혔다. 그리고 수저를 내오라고 어멈을 부르려니까 그는 여기 있노라 하며 조끼에서 커다란 칼을 집어내었다.

그 칼은 이상한 칼이었다. 철물점에 가면 혹 그 비슷한 것은 있어도 그와 똑같은 것을 나는 아직 보지 못하였다. 어찌 생긴 칼인고 하니 칼은 칼 모양으로 되었는데 칼만 달린 것이 아니라 병마개 뽑는 것, 국물 떠 먹기 좋은 움푹한 숟가락, 서양 사람들이 젓가락 대신으로 쓰는 삼지창까지 달린 칼이었다.

그는 숟가락을 잡아뽑고 삼지창을 잡아뽑고 하더니 한 끝으론 밥과 국물을 떠 먹고 한 끝으론 김치쪽을 찔러 먹는데, 젓가락을 들었다 놓았다 하는 우리보다 더 빨리, 더 편리하게 먹었다. 그리고 오이지가 긴 것이 있으니까 칼날까지 열더니 숭덩숭덩 썰어가면서 먹었다. 그 칼은 그에게 없어서는 안 될 무기 같았다.

그는 그 이튿날 아침에도 우리 조반상에서 그 완비한 무기를 사용하였다. 그리고 우리가 밖에 나갔다 저녁에 들어오니 그는 자기 방에도, 우리 방에도 있지 않았다. 주인 마님에게 물어본즉 "내쫓았다" 했다.

H군과 나는 그가 없어진 것을 저윽이 섭섭하게 느끼었다. 그래서 며칠 동안은 그의 인상을 이야기하며 그를 '불우 선생' 이라 부르기 시작한 것이다.

우리가 이 불우 선생을 다시 만나보기는 그 후 한 달쯤 지나 삼천동에서다. 그는 석양이 가까운 그늘진 삼천동 골짜기에서 그 곡선미도 없는 바짝 마른 몸뚱이를 벌거벗고 서서 돌위에서 무엇을 털럭털럭 밟고 있었다.

가만히 보니 두루마기는 빨아서 풀밭에 널어놓고 적삼과 중의를 말리다 말고 구김살을 펴느라고 밟고 섰는 꼴이었다.

"저런 궁상 좀 보게"

하고 우리는 웃었으나 그가 불우 선생인 줄을 알고는 반가워 그냥 지나쳐지지가 않았다.

"허허, 이게 웬일들이시오?"

하고 말은 그가 먼저 내었다.

"네, 송 선생을 여기서 뵙겠습니다그려"

하고 우리가 바로 가지 못하고 머뭇거리니까,

"허허, 이거 실례요"

하고 껄껄 웃었다. 그러면서도 여전히 털럭털럭 빨래를 밟는다.

"왜 댁에 들어가 빨아입지 않으시고 손수 이렇게 하십니까?"

"빨래 좀 해 입으려고 두어 달 만에 들어갔더니 집이 없어졌구려."

"없어지다니요?"

"잡혀먹고 3, 4년이 되도록 이자나 어디 물어왔소……."

우리는 벌거벗은 그와 마주 섰기 민망하여 길게 섰지는 못하고 이내 헤어졌다. 우리는 그의 곁을 지날 때 땅바닥에 펼쳐 놓은 조그만 손수건 위에서 그의 전 소유물을 일별할 수 있었다.

전 소유물이라야 노랗게 절은 참대 물뿌리 하나, 유지 부채 하나, 반 넘어 달은 빨랫비누 하나, 그리고는 예의 그 칼인데 역시 그 칼이 제일 값나가는 재산 같았다.

그 후 우리는 불우 선생을 거의 잊고 있었다. 그러다가 내가 어제 우연히 한길에서 그를 만난 것이다.

"허, 이거 이 공이 아니시오? 참 반갑소이다."

그가 먼저 나를 알아보고 손을 내밀었다. 나도 반가웠다. 그러나 그를 초췌한 행색 그대로 다시 만나는 것은 조금 섭섭하였다.

"그간 어떻게 지내셨습니까? 무슨 사업이나 잡으셨습니까?"

"사업이라니요? …… 그저…… 그런데 이 공? 내가 시방 시장하오, 어디 좀 들어가 앉읍시다. 그리고 내 이야기 좀 들어주시오."

나는 그와 어느 청요리집으로 들어갔다.

"이 공! 허!"

그렇게 낙관이던 그의 눈에 눈물이 핑그르 어리었다.

"네?"

"사람 목숨처럼 치사하고 더럽고 질긴 게 없구려."

"왜 그렇게 언짢은 말씀을 하십니까? 더운 것을 좀 자시겠습니까?"

"아무거나 값싼 것으로 시키슈…… 내가 죽을 걸 살지 않았소."

"글쎄 신상이 매우 상하셨습니다."

"상하다 뿐이겠소. 약 1개월 전에 전차 길을 건너다가 그만 전차에 뒤통수를 받혔지요. 그걸 그 당장에 전차쟁이들이 하자는 대로 못난 체하고 쫓아가 병원에 입원을 하고 고쳤다면 그다지 생고생은 안 했을 것인데 그녀석들 욕을 몇 마디 하느라고 고집이 나서 따라가질 않고 그저 바람을 쐬고 다녔구려…… 아! 그랬더니 골 속이 붓지 않아요. 이런 제기랄, 그러니 벌써 며칠 뒤라 전차 회사로 찾아갈 수도 없고 병원으로 가자니 돈이 있길 하오, 그냥 그러고 쏘다니다가 어떤 친구의 집엘 갔더니 그 친구의 아들이 의학교에 다닌다기에 좀 봐달라고 하지 않았겠소, 그랬더니 골이 썩기를 시작하니 다른 데와 달라 1주일 안에 일을 당하리라는구려, 허! 일이 별일이오, 죽는 것 아니겠소? 슬그머니 겁이 납디다그려, 그래 그 길로 몇몇 친구를 찾아다녔으나 한 사람도 만나주지를 않아 그냥 돌아서니 그때 눈물밖엔 나는 게 없습니다. 골은 자꾸 뜨겁고 쑤시긴 하고…… 그때는 그 끔찍한 것도 없는 집안 사람들 생각이 간절해집디다그려, 그래서 뉘집 뜰아랫방이란 말만 듣고 가본 적이 없는 데를 두루 수소문을 해서 찾아가지를 않았겠소, 그러나 출출히 굶주리는 판에 돈 한 닢 들고 들어가지는 못하나마 병신이 돼서 죽으러 들어가고 보니 누가 반가워하겠소?"

"참 댁에도 경황 없으셨겠습니다."

"경황이 무어요, 그래도 남 아닌 사람은 어머니밖엔 없습니다. 눈 어두우신 어머님이 자꾸 붙들고 밤새 울으셨지요. 참 내가 불초자요……"

하고 그의 눈엔 눈물이 다시 핑그르 돈다.

"그래 어떻게 일어나셨습니까?"

"그저 죽을 날만 기다리고 있는데 하루는 어느 친구가 어디서 들었는지 알고 인력거를 보냈습디다그려, 그땐 그만 자격지심에 그냥 죽어버리고 말려고 하는데 집안 사람들이 기어이 끌어내서 병원으로 가지 않았겠소. 그러나 병원에선 보더니 한다는 소리가 때가 늦었으니 가만히 나가 있다가 죽는 것이 고생은 덜한다고 그러는구려, 그러나 꼴만 점점 더 사납게 되지 않았소, 그래 죽더라도 청원을 안 할 테니 수술을 하고고 했지요. 뭐, 내가 살고파서 수술을 하라고 한건 아니요. 경칠 놈의 세상, 사람을 너무 조롱을 하는 것 같더라니 악이 나서 대들은 셈이지요. 허! 그래서 이렇게 다시 살아났구려. 그때 죽었으면 편했을 걸 다시 이렇게 욕인줄 모르고 살아 다니는구려……."

"참 머리에 흠집이 크게 나셨군요."

"고생한데다 대면 흠집이야 아주 없는 셈이죠."

"아무튼 불행 중 다행이십니다."

"욕이죠, 이렇게 살아나서 이 선생을 또 만나는 건 반가워도 이렇게 신세지는 게 다 욕이 아뇨?"

"원 별말씀을……."

음식이 올라왔다. 나는 배갈 병을 들어 그의 잔에 가득히 부었다.

"드십시오."

"네…… 그런데 요즘 일 중 문제가 꽤 주의를 끌지요?" 한다.

"글쎄요, 저는 그런 방면엔 문외한이올시다"

하니,

"그럴 리가 있소. 저렇게 팔팔한 청년 시기에…… 요즘 극동 풍운이 맹랑해지거든……"

하는 데는 불우 선생은 돌연히 지난 여름 의신 여관에서 보던 때와 같이 형형炯炯한 정열에 눈이 빛나기 시작하였다. 그리고 그는 나의 음식을 먹으면서도 나를 자기가 먹이는 듯 무엇인지 나를 압박하는 것이 있었다.

　청요리집을 나와서

"송 선생, 어디로 가시렵니까?"

하니

"허! 아무 데로나 가지요. 어서 먼저 가시오"

하고는 물끄러미 서서 내가 전찻길로 나오는 걸 바라보았다.

　　　　　　　　　　　　　　　　　　　(1932년 2월)

# 아담의 후예

지금은 원산元山서 성진城津 청진淸津으로 찻길이 들어 닿았으니까 배 편에 내왕하는 사람이 별로 없겠지만, 그전 우리가 알기로도 차가 겨우 영흥永興까지밖에 못 통할 때에는 그 이북 사람들은 모두 수로로 다니는 수밖에 없었다.

청진서 오는 사람이면 입신환立神丸 같은 직행선을 탔고, 그 이남에서 오는 사람이면 온성환穩城丸이니 진주환晋州丸이니 하는 굽도리(항구마다 들르는 배)들을 탔었다. 그래서 원산의 그 넓은 관거리를 쓸어 올라가고 내려가고 하는 손님들은 모두가 배를 타러 가거나 배에서 내린 사람들이었다.

배는 무시로 들어왔다. 저녁에도 뚜 소리가 났다. 그러면 객주집 인객꾼들은 물론, 친지를 맞으러 갈 사람도 저녁을 먹다 말고, 단잠을 자다 말고 허둥지둥 부두로 달음질치는 것이었다.

뚜 소리가 날 때마다 안 영감도 그 숨찬 턱을 덜걱거리며 부두로 달음질치곤 했다. 어떤 때는 북어北魚 나라미(가슴 지느러미) 밑에서나 배 회사 창고 기슭에서 자다 말고, 어떤 때는 일본집 쓰레기통에서 무얼 주워먹다 말고, 그렇게 달음질쳐서 가면 흔히 배는 아직 닻도 내리기 전이었다.

배가 부두에 매이면, 또 큰 배가 되어 부두에 들어 오지 못하고 종선이 손님을 받아 싣고 나오면, 제가끔 앞으로 나서려는 인객꾼들 등쌀에 안 영감은 늘 뒤로 밀리었다. 뒤에서 남의 등 넘어로도 상륙하는 사람이 여자인 때는 흐린 눈을 도두는 듯 더 자주 껌뻑거리며, 고개가 더 돌아가지 않는 데까지 눈을 주어 살펴보는 것이었다. 나중 사람까지 다 내리어 인객꾼들이 다시 지내놓은 손님들을 쫓아갔다. 배에서 먹다 남은 과실이나 과자 부스러기를 들고 가는 손님이 있으면 그 옆을 따라가며

"그거 나를 주오"

하는 것이다.

"무스게요?"

"그거 나를 주오."

"어째서요?"

"내 먹게시리······"

많은 것이 아니면 흔히는 거추장스러워서도 잘 주고 갔다. 그것을 받아 우물거리며 어시장 앞을 지나노라면 창고 앞에

눌러앉은 떡 장수, 우동 장수, 돼지 고기 장수 할멈들 중 하나가 으레 안 영감을 아는 체하였다.

"이번 배에도 딸이 앙이 왔소?"

안 영감은 울 듯한 낯으로 도리질을 하였다.

"저놈의 영감 뱃고동 소리만 나면 눈이 뻘개 달아 오지만 딸이 와야지…… 요즘 자식들이 더구나 딸 자식이 무슨 애비 생각을 하겠게."

"그렇지 않고…… 우리도 장사를 하오만 술장사를 한다는 년이 제 좋으면 고만이지 무슨 애비 생각을 하겠소?"

이것은 안 영감을 지내놓고 장수 할멈들끼리 주고 받는 말이었다.

안 영감은 성이 안가는 아니었다. 어느 떡 장수 마누라가 한 번은 쉰 떡을 그에게 먹이면서 그의 사정 이야기를 듣고 안변安邊서 왔다고 해서 '안변 영감'이라 한 것이 귀하지 못한 사람의 이름이라 되는 대로 '안 영감'이라고 불려진 것이었다.

안 영감은 동전이 두 푼만 모여도 그 장수 할멈들에게 들고 와서 몇 번씩 되풀이하는 이야기거니와 본래 자기는 그리 적빈하지는 않아 글자도 배워서 이름자는 적는 터이며 의식도 삼베중의에 조밥이나마 굶고 헐벗지는 않고 살았노라 하였다. 단지 남과 같이 아들 자식을 두지 못해서 딸 하나 있는 것을 데릴사위를 들였더니 그것도 자기 팔자 소관인지 딸이 사내를 따르지 않고 달아났다는 것이다. 달아난 지 며칠 뒤에 "청진 쪽으로 가서 술장사를 해서 돈을 모아가지고 아버님을 모시러 나오겠다"는 편지가 한 번 있기는 했으나 그 후 3, 4년이 지나도록 소식이 없고, 의탁할 곳은 없어 떠날 때에는 걸어서라도 딸을 찾아 청진까지 가보려던 것이었노라 한다. 그러나 원산까지 와서는 벌써 두 여름이 되는 동안 그저 떠나보는 날이 없이 혹시 딸이 이 배에나 저 배에나 돌아오지 않을까 하고, 망망한 바다에 배 소리만 기다리고 사는 것이라 한다.

사는 것이라야 남 보기엔 죽지 못해 사는 것이었다. 그러나 그도 자기 마음엔 그렇지는 않은 듯 누가 자기의 목숨을 멸시하면 그것처럼 분한 건 없어하였다. 어떤 때 장수 마누라들이 먹을 것을 주어놓고 저희끼리 동정하는 말로,

"불쌍한 늙은이랑이……"

혹은

"늙어서 고생하면 젊어서 죽는 이만 못하당이……"
하고 지껄이면 안 영감은 화가 버럭 치밀어 가만히 놓을 그릇도 뎅그렁 소리가 나게 내던지었다. 그러면 마누라들이라고 가만히 있지 않았다.

"앙이! 저놈의 첨지 뉘게다 골을 내오. 동전 한 푼에 5전짜리 한 그릇을 멕이거든 고마운 줄 모르구서리……"

안 영감은 다시는 안 볼 것처럼 들이내뺐다. 그러다가도 배

가 고파 어찌 할 수 없을 때엔 어느 제숫댁들이나 찾아오듯, 다시 그 할멈들의 함지 앞으로 어슬렁어슬렁 나타났고 또 할멈들도

"저놈의 첨지, 공을 모르는 첨지 빌어먹어 쌀 첨지"

하고 욕을 퍼붓다가도 마수걸이만 아니면 우동 그릇, 인절미 등을 김칫국 해서 먹이곤 했다. 그 중에도 떡 장수 할멈은 몇 해 전에 소장사를 나가 죽은 자기 영감 생각을 하고 늘 고맙게 굴었고, 또 돼지고기 장수 할멈은 아들에게서 온 편지 피봉을 내어 보이고 안 영감이 자기 아들의 이름과 사는 데를 알아맞히니까 글을 아는 사람이라 하여 가끔 돼지 족발과 순댓점으로 우대하였다.

안 영감은 비가 몹시 쏟아지어 이 장수 할멈들이 하나도 나와 있지 않는 날이면 그 날이 그야말로 사는가 싶지 못한 쓸쓸한 날이었다. 빗물 튀는 창고 처마 밑에 홀로 쭈그리고 앉아, 운무 속에 아득한 바다만 내다볼 때는 종일 눈물이 멎지 않았다. 더구나 저녁때 두부 장수들이 삐이삐이 하고 지나가는 나팔 소리를 들을 때면 몸부림을 치고 싶게 의탁할 곳이 없는 것이 서러웠다. 그러나 그런 날이라도 미리 주워두었던 담배 깜부기만 넉넉하면 한결 그것이 벗이 되었다.

날이 들면 안 영감은 청천 백일을 자기 혼자 보는 듯싶었다. 부리나케 관다리 위로 올라와서 대여섯 객주집 부엌만 거

처 나오면 하루쯤 굶었던 배는 이내 숨이 가쁘리만큼 불러올랐다. 배만 불러오르면 기선 소리가 날 때까지는 딸의 생각도 그리 아쉬운 것은 아니었다. 어떤 때는 혹시 뉘 집 부엌에서 고기 국물이나 얻어마시고 나서면서는 흐릿하게나마 "딸에게 얹혀 살면 이런 부잣집처럼 고깃국이야 먹여줄라고" 하는 생각, "못따래기가 먹던 턱찌끼나마 남의 집 음식이니까 맛이 있지" 하는 생각이 좀처럼 그를 비관하게는 하지 않았다. 또 원산은 자기 고향 안변 따위에 대면 비길 수 없이 넓고 장한 곳이었다. 밤낮 돌아다니어도 구경거리가 끊이지 않았다. 무슨 광고가 돌면 그것도 다리가 아프도록 쫓아다녀 보고 싸움이 나면 싸움 구경, 불이 나면 불 구경, 누가 오래 있다고 찾을 사람도 없고, 내 집이나 내 사람이 있는 곳이 아니니 불이 난들, 싸움이 난들 무서운 것이 없이 그저 구경거리였다.

이런 구경이 없을 때엔 정거장으로 가서 담배 깜부기를 주워모으는 맛도 좋고, 그렇지 않으면 해변으로 나가 남들이 고기 잡는 것, 게 잡는 것을 구경하는 것도 한가한 소일거리였다. 어떤 때는 철로 길로도 5리씩 10리씩 다니었다. 혹 그 새 배가 들어오지 않을까 하고 걱정하면서도 뜨거운 철로 길을 가는 줄 모르게 10리씩은 가곤 하였다. 그것은 차에서 내버린 차 주전자나 사이다 병, 비루 병 같은 것을 줍는 재미였다. 사이다 병이나 비루 병은 엿장수가 받았고 차 주전자 같은 것은 모양만 이쁘면 간장 주전자로 쓰느라고 장수 할멈들이 받아 주었다.

안 영감은 자기가 주운 것을 모조리 내놓지는 않았다. 그 중에 제일 이쁘게 생긴 차 주전자 하나와 사기 뚜껑이 달린 정종 병 하나는 늘 꽁무니에 차고 다니었다. 장수 할멈들이

"그건 뭘 할라고?"

하고 물으면 씩 웃으며

"딸 줄라고"

하였다.

안 영감은 구경 중에 말광대 구경과 낚시질 구경을 제일 즐기었다. 말광대가 오면 1주일이면 1주일, 2주일이면 2주일 동안 밥만 얻어먹으면 밤낮을 그 앞에 가서 살았다. 곡조를 알 리 없건만 또 무엇에서 나는 소린지 알 리 없건만 처량한 듯한 그 음악이 듣기 좋고, 밖에 섰는 사람들을 홀리느라고 이따금 한 번씩 휘장을 열어보일 때 순간순간이나마 공 구경을 하는 재미가 좋았다. 그러다가 말광대가 홀쩍 떠나가면 안 영감은 눈물이 날 듯 자기도 그들과 한 패로 다니다가 저만 떨어진 것처럼 섭섭하기 한이 없었다.

그러나 말광대는 어쩌다 한때 있는 것, 낚시질은 봄부터 가을까지 언제든지 있는 것이었다. 어떤 때는 자기 자신이 낚시질이나 나오는 것처럼 여러 집 상에서 긁어모은 고추장을 그

딸 준다는 차 주전자에 넣어가지고 흰밥과 팥밥 덩이를 한데 신문지에 싸 끼고 해변으로 어슬렁거리고 나왔다.

낚시꾼들은 일본 사람이 많았다. 왜 그런지 일본 사람 곁에 앉아 구경하기에는 마음이 턱 놓이지가 않아 조선 사람 곁으로 간다. 조선 사람은 어른이 적고 늘 아이들이었다. 아이들은 어른보다 짐작이 서툴러 낚시를 적당한 기회에 채지 못하기 때문에 빈 낚시가 자주 나왔다. 보다가 딱하면 안 영감은 자기 자신이나 나무라듯 소리를 질렀다.

"어째 저런 때 채지 않능야?…… 채! 고기가 너를 잡겠다."

이런 소리가 두어 번 퍼지면 아이들은 안 영감을 흘겨보았다. 나중엔 안 영감이 일어서지 않으면 아이들이 다른 데로 낚시터를 옮기었다.

안 영감은 남이 헛낚시를 채일 때마다 낚시질을 자기가 한 번 해봤으면 싶었다. 자기가 하면 한 번도 헛낚시가 없이 빈번히 고기가 나올 것 같았다.

그래 이 크지 않은 욕망을 이루어보려던 것이 그만 어떤 일본 사람 가게 앞에서 낚싯대 도둑으로 붙들린 것이었다. 그리고 그때 마침 안 영감이 뺨깨나 족히 맞을 것을 면하느라고 원산서 자선가로 유명한 B 서양 부인의 눈이 이내 그곳에 머무르게 되었고 따라서 전화위복轉禍爲福에 수용될 사람으로 따라가게 된 것이었다.

B부인 집 과수원 옆에 임시로 지어놓은 단칸 함석집 안에는 안 영감보다 먼저 들어 있는 두 늙은이가 있었다. 하나는 안 영감보다 7년이나 위인 해수병쟁이요, 하나는 나인 오십밖에 안 되었어도 청맹과니였었다.

안 영감은 처음 B부인을 따라설 때에는,

"이제야 팔자를 고치나보다"

했으나 이 두 동료를 발견할 때 이내 정이 떨어졌다. 더구나 여러 가지 규칙이 있었다. 몇 시에 자고 몇 시에 일어날 것, 방과 뜰을 차례로 소제할 것, 이를 닦을 것, 옷의 이를 잡을 것, B부인을 따라 예배당에 갔다 오는 외에는 일체 외출을 안 할 것, 담배와 술을 먹지 않을 것, 과실나무와 꽃나무에 손을 대지 않을 것, 동료간에 서로 동정하고 더욱이 눈 먼 사람은 도와만 줄 것, 틈틈이 성경책을 볼 것 등 정신이 어떨떨하리만큼 기억해야 될 일이 많았다.

안 영감은 이내 이 규칙을 위반하였다. 낮에는 청맹과니 영감과 반찬 그릇을 손으로 더듬는다고 소리를 지르며 싸웠고, 밤에는 해수병쟁이 영감더러,

"밤새도록 기침을 당나귀처럼 하니 옆에서 언제 자고 언제 제 시간에 일어나느냐"

고 목침을 던지며 싸웠다. 게다가 어디서 주웠는지 담배 깜부기를 피다 두 번이나 들키었다. 그래서 안 영감은 자주 B부인

에게 불려가 문책을 당하였다.

하루는 B부인이 같은 서양 부인 하나를 데리고 나와서 무어라고 한참 저희끼리 지껄이더니 나중에 조선말로

"이 부인은 상해에서 오셨는데 당신들을 위해 돈 50원을 주셨소…… 고맙습니다 해야지" 하였다.

안 영감은 솔선하여 허리를 굽히고 고개를 꺼떡꺼떡 하여 치하하는 뜻을 표하였다. 그리고 그 날 종일 그 이튿날 종일 B부인이 그 돈 50원을 가지고 나와 자기네 세 사람에게 나눠 주려니 하고 기다렸다. 나중에는 기다리다 못해 B부인 집 하인에게 물어봤더니 하인은 무릎을 치며 웃었다.

"당신, 돈 가지면 무얼 하겠소?"

"산 사람이 돈 쓸 데 없을라고."

"글쎄 이 안에서 어따 돈을 쓰오?"

안 영감은 한참 만에 대답이라기보다 혼잣말처럼 중얼거리었다.

"앙잉게 앙이라 이 안에서 죽은 목숨이지! 죽는 날이나 기다리고 있능게지!"

이 날부터 안 영감은 더욱 바깥이 그리워졌다. 단념하려던 딸의 생각도 불이 일 듯 몸을 달게 하였다.

"경을 칠, 그 동안 딸이 배에서 내렸는지 뉘 아나!" 하고 B부인에게 와 있는 것이 생각할수록 후회되었다. 더구나 조석

으로 찬 없는 밥상을 마주 앉을 때마다 밥값이나 내고 먹는 것처럼 찔게 투정이 나서 자기도 "이래 가지고는 못 견디겠다"는 각오를 했다.

"남의 신세로 얻어먹고 살 바엔 마음대로 이런 것 저런 것 골고루나 얻어먹어 봐야지! 또 사람이란 게 견문이 넓어야 쓰는 것인데 이 속에서야 무얼 보고 들을 수가 있나 원!" 하고 다시금 한탄하였다. 그 중에도 담배 피고 싶은 것을 참을 때에는 흰 머리털이 한 오리씩, 이마 주름이 한 금씩 느는 것처럼 속이 조이었다. 그러나 어서 바깥 세상에 나가 그 어떤 객줏집에 가면 흔히 얻어먹어 보던 대합 넣고 끓인 미역국과, 그 어시장 앞에 눌러앉은 사람 좋은 할멈들에게 가서 인절미에, 우동에, 순댓점을 얻어먹기만 하면 여기 와 늙은 것쯤은 곧 회복될 것만 같았다.

어느 날 저녁 B부인 집에 온 지 이럭저럭 달포가 지나 어느덧 가을 기운이 소슬한 달밤이었다. 안 영감은 자리에 누웠다가 문득 바람결에 흘러오는 무슨 음악 소리에 목침에서 귀를 들었다. 귀를 밝히니 옆사람들의 코 고는 소리에 목침을 집어 내던지고 밖으로 나왔다. 나와 보니 불 밝은 거리에로 멀리서 흘러오는 처량한 듯한 그 음악 소리는 언젠가 한때 귀에 배었던 말광대 노는 소리가 틀리지 않았다. 안 영감은 저도 모르게 어깨가 으쓱 하였다.

"저기로 못 나가? 체! 나갔다 다시 앙이 오문 그망이지 누그를 어쩔 테야……."

안 영감은 한참 서서 망설이다가 우수수 하는 바람소리에 사과나무 편을 돌아다 보았다. 사과 생각이 났다.

'사과를 따지 마라! 떨어진 것도 손을 대지 마라, 체…….'

안 영감은 누구와 싸울 듯이 바쁜 걸음으로 사과 나무 밑으로 갔다. 그리고 달빛에 주먹 같은 것이 주렁주렁 늘어진 것을 더듬더듬 만져보고 굵은 놈으로만 먹히는 대로 땄다. 한참만에 목을 길게 빼고 꺼르륵하고 트림을 하며 다시 방으로 들어오니 방의 사람들은 여전히 코만 골았다. 아직 초저녁이라 해수병쟁이 늙은이도 조용히 첫잠을 자고 있었다. 안 영감은 발소리를 조심하여 그래도 제 물건이랍시고 시렁 위에 간직하였던 그 사기 뚜껑 달린 정종 병과 차 주전자를 내려 허리띠에 찼다. 그리고 방을 나서기 전에 다시 한 번 잠든 두 늙은이를 내려다볼 때 안 영감은 평소엔 밉기만 하던 그들에게 새삼스럽게 엷지 않은 정분을 느끼는 듯 섭섭하여 얼른 문고리가 잡히지 않았다.

'저것들이 송장이 앙이고 무슨겐고?'

이렇게 속으로 측은해하며 그들을 위해 가장 큰 선심이나 쓰는 듯이 문 밖에 나서는 길로 다시 사과밭으로 가서 굵은 것만 여남은 알 따다 그들의 방문 앞에 놓아주었다. 그리고 다시 한 번 그들을 문 틈으로 엿본 후 표연히 걸음을 옮기었다.

초가을이라 하여도 밤 옷깃을 스치는 바람이 더구나 늙은 품에는 얼음 쪽같이 찬 것이었으나 안 영감은 흘러오는 곡마단 음악 소리에 신이 나는 듯 낮지 않은 B부인 집 담장을 그리 힘들이지 않고 뛰어넘었다.

(1933년 8월)

# 어떤 날 새벽

쿵!

무엇인지 안마당에서 이렇게 땅을 울리는 소리가 나는 것을 나만 들은 것이 아니었다. 아내도 눈을 번쩍 뜨더니 베개에서 머리를 들었다.

"무에 쿵 했지?"

"가만……"

아내는 놀란 눈을 껌벅거리며 바깥을 엿들었다.

둘이 똑같이 듣고 잠을 깼을 때엔 분명히 꿈은 아니다. 나는 머리맡에서 시계를 집어 보았다. 그때는 새벽 4시 10분이었다.

아내는 그새 또 무슨 소리를 들었다. 그는 얼굴이 백지장처럼 핼쑥해지며 나의 허리를 허둥허둥 넘어서 아랫목으로 내려가 박혔다. 그리고 내 손에서 시계를 집어다 이불 속에 넣으며 겨우 내 귀에 들리리만큼,

"도둑놈이야 도둑놈"

하고는 얼굴을 이불 속에 감추었다.

그때에 내 귀에도 완연히 묵직하고 우람한 신발이 마루 끝을 우쩍 디디고 올라서는 소리가 들렸다——도둑놈!

그는 또 잠잠하였다. 아마 한 발만 올려디딘 채 마루 위의 세간을 살피는 것 같았다. 그러더니 한참 만에야 또 우쩍 하고 마저 한 발을 올려놓는 것 같았다. 그리고,

뿌드득

뿌드득

아마 신발에 눈이 묻은 듯 그는 조심스럽게 발소리를 삼가며, 마루방으로 되어 있는 윗방 문 앞으로 가더니 다시 까딱 소리가 없다.

그것은 마루방 문이 조용히 다루기 힘든 유리창이매 낭패한 듯하였다.

한 2분 동안이나 그렇게 쥐 죽은 듯이 서 있던 그는 유리창에는 손도 대어보지 않고 "이왕 사람을 깨어놓을 바에는 즉 강도질을 할 바에는" 하고 용기를 얻었음인지 불이 켜 있는 우리 방 앞으로 뿌드득 다가왔다. 이번에는 서슴지 않고 덧문 고리를 꼭 잡는 소리가 났다. 그리고 지그시 힘을 들여 당겨보더니 안으로 걸린 고리가 떡 하고 설주에 맞히는 것을 알고는 슬며시 놓는 소리까지 소상히 났다.

이번에는 어찌 할 셈일까 윗방 유리창 문은 걸려 있지 않았다. 윗방과 우리 방과는 장지문으로 칸을 막았으니, 그가 윗방의 유리창만 한번 밀어보는 날이면 우리는 별수없이 이 무서운 밤 사람과 대면하지 않을 수 없는 운명에 있는 것이다.

그는 덧문 고리를 놓은 후 방 안을 엿듣는 모양인지 꼼짝도 하지 않고 서 있었다. 그러나 우리 귀에는 그의 세찬 숨소리가 사뭇 바람처럼 문풍지를 울리고 있었다. 그리고 그 불덩어리 같은 시뻘건 눈깔이 어느 틈으론지 우리를 노리고 있는 것만 같아서 문을 바로 쳐다볼 용기가 없었다. 어서 무슨 소리라도 났으면 하고 숨도 크게 못 쉬고 있노라니까, 쿵 하고 마루를 내려서는 소리가 났다.

"내려섰지?"

이불 속에서도 들은 아내가 물었으나 나는 작은 말조차 옮겨지지 않았다.

저 녀석이 들어올 때에는 담을 넘어 들어오기가 쉬웠지만 나갈 때에는 어떻게 나가나 하고 우리의 귀는 그의 발 밑에 깔리다시피 그의 발소리만 지키고 있었다.

그랬더니 웬걸! 그는 무슨 생각이 들어갔던지 제법 댓돌 위에다 쿵쿵 눈을 떨어뜨리더니 덤썩 마루 위에 다시 올라섰다.

어느 틈에 마루방 유리창이 드르륵 열리었다.

나는 그제야 번개같이 나도 모르는 힘에 벌떡 일어났다.

그러나 옷도 집어 올 새 없이 장지문이 쫙 열리었다.

"이놈! 꼼짝하면……."

그는 이렇게 위협하며 눈 투성이된 발 하나를 우리 방에 썩 들여놓았다.

"이놈……."

그는 방 안을 휙 둘러보더니 시꺼먼 외투 품 속에서 날이 번쩍하고 빛나는 단도를 뽑아들었다. 그러나 이 순간 누구나 질겁을 하고 눈을 뒤집었어야 할 위급한 순간에 있어 나는 오히려 정신을 가다듬을만치 아까의 겁과 아까의 긴장을 풀어 뜨리고 말았다.

강도? 쿵 하고 마당에 들어서던 그 강도, 우쩍우쩍 마루 창이 빠질 듯한 육중한 발을 가지고 이 툇마루에서 거닐던 그 숨소리가 바람처럼 문풍지를 흔들던 그 우람하고 감때 사나운 강도는 어디로 가고 뜻 밖의 사람이 들어선 것 같았다.

그는 칼을 들었으나 어딘지 성경책이나 들어야 어울릴 사람처럼 보면 볼수록 인후한 인상밖에 주지 못하는 위인이었기 때문이다. 그는 너무도 우리의 상상과 어긋나는 인물이었다. 그는 복면도 하지 않았다. 그의 서늘한 눈망울엔 살기도 들어 있지 않았다.

"너도 구차한 살림인 걸 알았다. 시재만 있는 대로 털어……."

나는 머리맡 경대 서랍에서 아내가 말아가지고 쓰던 지갑을 집어내었다. 그 속에 얼마가 들었는지도 나는 몰랐으나 돈 소리가 나기는 하였다. 지갑채 그에게 준즉 그는 냉큼 받아서 지갑 속을 뒤지더니 1원 한 장을 집어내었다. 그리고 다시 불 밑에 갖다대고 절렁거리며 들여다보더니 그대로 이불 위에 탁 내던지고는 뒷걸음을 쳐서 성큼 마루방을 한 바퀴 돌아보더니 그대로 쏜살같이 바깥으로 나갔다.

그리고 그는 버젓이 삐걱 소리 나는 대문을 열고 나가버렸다.

"아 아니 그이 이마 자세 못 봤수?"

이불 속에서 땀에 젖어 나오는 아내는 왕청 같은 말을 물었다.

"그이라니?"

"아휴 십년 살 건 감수했네. 그런데 꼭 그이야……."

"그게 무슨 소리요? 그이라니?"

우리는 눈이 쌓여서 마당이 훤하긴 하였으나 컴컴한 대문 간엔 나가기가 싫어서 마루방 유리창만 닫아걸고 그 자가 섰던 자리의 눈 녹은 물을 훔치고는 다시 자리에 드러누웠다. 그리고 아내는

"정말 그인지는 몰라도 아무튼 꼭 그이 같아"

하면서 아래와 같이 '그이'를 이야기하였다.

이 '그이'라는 윤모 尹某는 황해도 어느 산읍 사람이었다. 그

가 나의 아내가 다닌 소학교(강원도 C군에 있는) 신흥 학교에 오기는 지금부터 6, 7년 전, 나의 아내가 6학년이 되던 첫 학기였다고 한다.

그때 신흥 학교에는 교원이래야 그 동리에서 일 없이 노는 졸업생 몇 사람과 신경 쇠약으로 정양 삼아 교장 집에 와 묵고 있던 일본 어느 여자 전문에 학적을 두었다는 서울 여자 한 분과 이 윤 선생뿐이었다. 그 중에서도 졸업생들이래야 교편을 잡기에는 원체 상식으로 부족할 뿐 아니라, 어느 면소에 서기 한 자리만 비었다는 소문이 와도 제각기 이력서를 써가지고 달아나는 무열성이었고, 여 선생이래야 그야말로 시간을 하다 말고라도 획 떠나가면 그만인 교장 집 손님에 불과하였다. 더구나 교장이 없었다. 설립자요 교주인 교장은 기미년 이후부터 감옥에 가 있었다. 윤 선생은 신흥 학교가 이와 같은 비운에 빠져 있는 것을 아주 모르고 온 것은 아닌 것 같았다고 한다.

학교는 지은 지가 오래고 거두는 사람이 없어서 눈 녹은 물이 교실마다 새었다. 그 중에도 어떤 반은 비가 오는 날이면 방 안에서 우산을 받을 지경이었으므로 날만 흐리는 것을 보아도 쉬는 시간도 없이 공부를 몰아치는 형편이었다.

그러나 이것을 본 졸업생들이나 학부형들이나 모두 자기 집 아랫목만 비가 새지 않는 것을 다행으로 알 뿐이었다.

윤 선생이 와서 1학기가 지났다. 여름 방학이 된 이튿날부터 윤 선생은 새벽 조반을 지어 먹고 점심을 싸가지고 어디론지 나갔다가 어두워야 돌아오곤 하였다. 며칠 후에 이렇게 소문이 났다.

—윤 선생은 학교에서 생기는 것이 없으니까, 고향에 있는 자기 어머니에게 부치려 수리 조합 공사에 품팔이를 다닌다는, 윤 선생은 효자라는—.

과연 윤 선생은 골을 동이고 수리 조합 봇둑을 쌓는 데 가서 못꾼 일을 하였다. 불덩이 같은 돌멩이도 져 나르고 물이 흐르는 진흙 짐도 졌다.

윤 선생은 이 일을 만 한 달 동안 하였다. 두 번 간조에 30여 원을 타가지고 그는 읍으로 들어갔다.

그러나 그것은 소문과 같이 자기의 늙은 어머니에게 돈을 부치러 우편국을 찾아간 것은 아니었다. 그는 철물점에 가서 함석을 사고 못을 샀다. 그것을 자기 등에 지고 10리를 꾸벅꾸벅 나왔다.

물론 그 후부터 신흥 학교는 비가 새어 공부를 못 하게 되지는 않았다.

그 해 겨울이 왔다. 산골이므로 학부형들이 장작은 대었으나 난로가 모자랐다. 3, 4학년을 한데 모으고 5, 6학년을 한데 모아도 난로가 모자랐다.

동짓머리 제일 추운 때가 왔다. 윤 선생은 자기가 담임하여 가르치던 5, 6학년에 1주일 동안 재가 독습을 주었다. 그리고 그 날부터 윤 선생은 자기 아내에게도 자세히 이르지 않고 어디론지 없어지고 말았다.

1주일째 되는 날 오후였다. 집으로 돌아가던 학생들은 읍 길에서 윤 선생을 발견하였다. 윤 선생은 짐꾼에게 난로 하나를 지게 해서 타박타박 따라오고 있었다. 참말 그때 윤 선생은 오륙십된 노인처럼 다리에 힘이 없이 타박거렸다. 학생들은 그때와 같이 피곤한 윤 선생을 본 적이 없었다. 그러나 무심한 어린 학생들은 그 윤 선생이 푹 눌러 쓴 방한모 속에 피묻은 붕대가 감겨 있는 것은 발견하지 못하였다.

윤 선생은 짐꾼에게 학교를 가리키고 자기는 바로 집으로 와서 그 추운 날 냉수부터 찾으며 쓰러지고 말았다.

이마에는 끝에 찍힌 것처럼 가죽이 뚫어졌다. 두 손 바닥에는 밤톨만큼씩한 못이 박히고 손들이 성한 데가 없이 터져 있었다. 그리고 몸이 불덩어리처럼 뜨거웠다.

어디서 무슨 고역을 하고 왔을까?

어쩌다가 이마를 다치었을까?

윤 선생은 결코 말을 하지 않았다.

"선생님? 난로 어디서 났어요?"

학생들이 물어도

"응 그거 내가 사왔지. 새것이 돼서 좋지?"

하고, 더 물으면 다른 말을 하였다.

그러나 동리 사람들은 며칠이 안 돼서 소문을 들었다. 읍에서 멀지 않은 곳에서 금강산 가는 전찻길을 닦느라고 산 허무는 일터가 있는데, 윤 선생이 거기 와 일을 하다가 엿새째 되는 날엔 남포에 터져나가는 돌 조각에 맞아 이마가 뚫어졌다는 것과, 삯전 6원과 치료비 3원을 탔다는 것까지.

그 후로도 윤 선생은 학교를 위하여선 몸으로나 마음으로나 자기를 아끼지 않았다. "어떻게 하여서든지 교장이 나오는 날까지는" 하고 전신전력하였다.

그러나 신흥 학교의 운명은 윤 선생의 노력 여하에 달린 것은 아니었다. 이미 결정된 때가 있었고 결정한 곳이 있었다. 신흥 학교는 자격 있는 교원 세 사람 이상을 쓰지 못한 지가 오래다. 해마다 새로 나는 교비품校備品을 장만하지 못한 지가 오래다. 윤 선생은 졸업생들을 찾아다니고 경찰서와 군청을 드나들며 '신흥 학교 후원회'를 조직하였다. 그리고 기부금 허가원을 제출하였다. 그러나 이 신흥 학교에는 기부금 허가 대신에 "학교를 유지할 재원이 없는 것을 인정한다"는 이유로 학교 허가 철회와 해산 처분이 내려지고 말았다.

윤 선생은 눈이 뒤집혀 군청으로 달려 들어갔다. 그러나 윤 선생의 열성을 안 곳이 있으랴.

그 날 밤 학교 가까이 있는 사람들은 모두 첫잠을 울음소리에 놀라 깨었다. 그것은 윤 선생이 술이 취해서 학교 마루창을 두드리며 우는 소리였다.

그 이튿날 아침엔 윤 선생이 미쳤다는 소문이 퍼졌다.

그것은 윤 선생이 학교 마당에 서서 10리, 20리 밖에서 멋모르고 모여드는 학생들에게 마치 채마밭에 들어간 닭이나 개를 쫓듯이 조약돌을 집어가지고 팔매질을 하여 쫓아보낸 것이다.

윤 선생은 자기도 그 날로 아내와 젖먹이 딸을 데리고 그 동리를 떠나가고 말았다는 것이다.


"그래 꼭 그 사람입디까?"

"글쎄 말이야. 말소리가 익으니까 이불 속에서 잠깐 몰래 보기는 했지만…… 꼭 그이 같아, 그러니 윤 선생님이 어쩌면 강도질을……."

이때다. 밖에서,

"도둑놈아"

"저놈 잡아라"

"이놈……"

"도둑놈……"

하는 여러 사람들의 아우성이 났다. 그리고 쿵쿵하고 달음질

치는 소리가 몰려오더니 바로 우리 방 들창 밑에서 꽝 하고 나가떨어지는 소리가 나자,

"이놈!"

"아이쿠!"

하는 소리가 났다.

우리는 어느 틈에 들창을 열어젖뜨렸다. 벌써 날은 새었다. 눈이 한 자 깊이나 쌓인 길바닥에 한 사람이 자빠진 것을 세 사람이 둘러쌌다. 이 세 사람 패는 모두 자다가 뛰어나온 속옷바람들로 한 사람은 자빠진 녀석의 머리를 쥐고 담벼락에 짓찧으며, 한 사람은 팔을 비틀어 쥐고 다른 한 사람은 한 걸음씩 물러섰다 달려들며 곧은 발길로 앙가슴과 넓적다리를 디뎌 지른다. 벌써 자빠진 녀석은 코피가 터져나오고 발길이 들어갈 때마다 킥킥 하고 사지를 뒤틀었다.

그는 틀림이 없었다. 자빠져 맞는 그는 아까 우리 방에 들어왔던 강도가 틀리지 않았고, 또 여태 우리가 이야기한 그 윤 선생이 틀리지 않았다.

"여보 저 이마에 흠집을 봐요. 윤 선생이에요. 좀 나가 말려요, 저런…… 저런……"

나는 옷을 주워 입었다. 그리고 조금 전에 그가 열어놓고 나간 대문을 나섰다.

그러나 그는 도둑이었다. 그는 벌써 도둑이 밟을 길을 걸어

가고 있었다. 멱살을 잡히고 머리털을 잡히고 팔을 잡히고 그리고 어느 틈에 이집 저집서 몽둥이를 들고 뛰어나온 사람들의 우락부락한 경계警戒에 싸여 큰 길로 끌려 나가고 있었다.

그가 붙들린 자리는 마치 미친개를 때려잡은 자리 같았다. 발등이 덮이는 눈 위에 몽둥이들을 끌고 모여든 자리며, 더구나 그의 코피가 여기저기 떨어져 번진 것은 보기에도 처참하였다.

나는 금세 아내에게서 들은 그의 교원 생활을 생각하고, 망연히 그 자리를 바라보고 섰노라니까 아까 그 세 사람 패 중에 한 사람이 헐레벌떡거리고 다시 이리로 왔다. 그리고 이리저리 두리번거리더니 도랑 속에서 검은 '나카오리' 하나를 집어내더니 묻지도 않는 것을 씨근거리며 설명하여 주었다.

"이게 그놈 모자죠. 아, 우리는 요 앞 자동차부에 있는 사람들인데 글쎄 우리가 자는 방엘 들어 와서 철궤를 들고 달아나니 하마터면 우리가 주인한테 도둑놈 될 뻔하지 않았나요…… 지금 순살 불러댔죠, 아 죽일놈 같으니……"

그는 굉장히 신이 나서 그 '나카오리'를 헌신짝처럼 구겨들고 우쭐거리며 달아났다.

(1930년 9월)

# 꽃나무는 심어놓고

"자꾸 돌아본 뭘해, 어서 바람을 졌을 때 휭하니 걸어야 지……"

하면서 아내를 돌아보니 그도 말소리는 천연덕스러우나 눈에 는 눈물이 다시 핑그르 돌았다. 이 고갯마루만 넘어서면 저 동리는 다시 볼래야 안 보이려니 생각할 때 발도 천근이나 무거워지는 것 같았다.

이 고개, 집에서 오리밖에 안 되는 고개, 나무를 해 지고 이 고개턱을 넘어설 때마다 제일 먼저 눈에 뜨이곤 하던 저 우리 집, 집에서 연기가 떠오르는 것을 볼 때마다 허리띠를 졸라매 고 다시 나뭇짐을 지고 일어서곤 하던 이 고개, 이 고개에선 넘어가는 햇볕에 우리 집 울타리에 빨아넌 아내의 치마까지 빤히 보이곤 했다. 이전 이 고개에서 저 집, 저 노랗게 갓깐 병 아리처럼 새로 이엉을 인 저 집을 바라보는 것도 마지막이로 구나!

그는 고개 마루턱에 올라서더니 짐을 치키며, 다시 한 번 돌아서서 동네를 바라보았다.

아무델 가도 저런 동네는 없을 것이다. 읍엘 갔다와도 선왕당 턱만 내려서면 바람 한점 없이 아늑하고, 빨래하기 좋고 먹어도 좋은 앞 개울물이며, 날이 추우면 뒷산에 올라 솔잎만 긁어도 며칠씩은 염려 없이 때더니…… 이전 남의 동네 이야기로구나!

"어서 갑시다"

하면서 이번에는 뒤에 떨어졌던 아내가 눈물 콧물을 풀어던지며 앞을 섰다.

그들은 고개를 넘어서선 보잘것없이 달아났다. 사내는 이불보, 옷꾸러미, 솥, 바가지쪽 해서 한 짐 꾸역꾸역 걸머지고, 여편네는 어린애를 머리도 안 보이게 이불에 숨겨서 업은 데다 무슨 기름병 같은 것을 들고 앞서거니 뒤서거니 하여 도랑이면 건너뛰고 굽은 길이면 논틀밭틀로 질러가면서 귀에서 바람이 씽씽 나게 달아났다.

장날이 아니라 길에는 만나는 사람도 별로 없었다. 이따금 밭밑에서 메추라기가 포드득하고 날고 밭고랑에서 꿩이 놀라서 껑껑거리며, 산으로 달아나는 것밖에 아무것도 없었다.

"길이나 잘못 들면 어째……."

"밤낮 나무 다니던 데를 모를까……."

조그만 갈랫길을 지날 때 이런 말을 주고 받은 것 뿐. 다시는 입이 붙은 듯 묵묵히 걸어 그들은 점심때가 훨씬 지나서야 서울 가는 큰길에 들어섰다.

큰길에는 바람이 제법 세차게 불었다. 전봇줄이 앵 앵 울었다. 동지가 내일인가 모렌가 하는 때라 얼음 같이 날카로운 바람결에 그들의 옷깃은 다시금 떨리었다.

바람이 차서도 떨리었거니와 그보다도 길고 어마어마하게 넓은 길, 그리고 눈이 모자라게 아득하니 깔려 있는 긴 길, 그 길은 그들에게 설거니와 발에도, 마음에도 선 길이었다. 논둑과 밭둑으로 올 때에는 그래도 그런 줄은 몰랐는데, 척 신작로에 올라서니 그땐 정말 낯선 데로 가는 것 같고 살길을 찾아 떠나는 불안스러운 걱정이 와짝 치밀었던 것이다. 그래서 앵앵 하는 전봇줄 소리도 멧새나 꿩의 소리보다는 엄청나게 무서웠다. 서로 말은 하지 않았어도 사내나 아내나 다같이 그랬다.

그들은 그 길을 그저 10리, 20리 걸어 나가는 수밖에 없었다. 자동차가 지날 때는 물론 자전거만 따르릉 하고 와도 허둥거리고 한데 모여 길 아래로 내려서면서 서울을 향하여 타박타박 걸을 뿐이었다.


그들은 세 식구였다. 저희 내외 방 서방과 김씨와 김씨의 등에 업혀가는 두 돌 되는 딸애 정순이었다. 며칠 전까지는 방 서방의 아버지 한 분까지 네 식구로서 그가 나서 서른두 해 동안 살아온, 이번에 떠나는 그 동리에서 그리운 게 없이 살았었다. 남의 땅이나마 몇 대째 눌러 부쳐오던 김 진사네 땅은 내 땅이나 다름없이 알고 마음놓고 부쳐먹었다. 김 진사 당대에는 온 동리가 텃세 한 푼도 물지 않고 지냈으며 김 진사가 돌아간 후에도 다른 지방에 대면 그리 심한 지주는 아니었다. 김 진사의 아들 김의관도 돌아간 아버지의 덕성을 본받아 작인네가 혼상간에 큰일을 치르는 해면 으레 타작에 두 섬석 섬씩은 깎아주었다. 이렇게 착한 김의관이 무엇에 써버리느라고 그 좋은 땅들을 잡혀버렸는지, 작인들의 무딘 눈치로는 내용을 알 수가 없었다. 더러 읍 사람들이 지껄이는 소리에 무슨 일본 사람과 금광을 했느니 회사를 했느니 하는 것을 들은 사람은 있고, 또 아닌게 아니라 한동안 일본 사람과 양복쟁이 몇이 김의관네 집을 드나들어 김의관네 큰 개 두 마리가 늘 컹컹거리고 짖던 것은 지금도 어저께같은 일이었다.

　아무튼 김의관네가 안성인 어디로 떠나가고 지주가 일본 사람의 회사로 갈린 다음부터는 제 땅마지나 따로 가진 사람 전에는 배겨 나가기가 어려웠다. 텃세가 몇 갑절이나 올라가고 논에는 금비를 써라 하고, 그것을 대어주고는 가을에 비싼 이자를 쳐서 벼는 헐값으로 따져가고 무슨 세납, 무슨 요금하고,

이름도 모르던 것을 다 물리어 나중에 따지고 보면 농사진 품 값은커녕 도리어 빚을 지게 되었다. 그들이 지는 빚은 달리 도리가 없었다. 소가 있으면 소를 팔고 집이 있으면 집을 팔아 갚는 밖에, 그래서 한 집 떠나고 두 집 떠나고 하는 것이 3년 안에 5, 6호가 떠난 것이었다.

군청에서는 이것을 매우 걱정하였다. 전에는 모범 촌으로 치던 동네가 폐동이 될 징조를 보이는 것은 군으로서 마땅히 대책을 세워야 될 일이었다. 그래서 지난 봄에는 군으로부터 이 동네에 벚나무 200여 주가 나왔다. 집집마다 두 그루씩 나눠주고 길에도 심고 언덕에도 심어주었다. 그래서 그 벚나무들의 꽃이 구름처럼 피면 무지한 이 동네 사람들이라도 자기 동네를 사랑하는 마음이 깊어져서 함부로 타관으로 떠나가지 않으리라 생각했던 것이다.

벚나무들은 몇 그루 죽지 않고 모두 잘 살아났다. 방 서방 네가 심은 것도 앞마당 것 뒷동산 것 모두 성성하게 잘 살았다. 군에서 나와 보고 내년이면 모두 꽃이 피리라 했다.

그러나 떠날 사람은 자꾸 떠나고야 말았다.

방 서방네도 허덕 타관으로 떠나기는 처음부터 싫었다. 동네를 사랑하는 마음, 자연을 사랑하는 것이나 이웃을 사랑하는 것이나 모두 벚나무를 심어주는 그네들보다는 몇 배 더 간절한 뼛속에서 우러나는 것이었다. 벚나무를 심었을 때도 혹시 죽는 나무나 있을까 하여 조석으로 들여다보면서 애를 쓴 사람들이요, 그것들이 가지에 윤이 나고 싹이 트는 것을 볼 때는 자연 속에 묻혀 사는 그들로서도 그때처럼 자연의 신비, 봄의 희열을 느껴본 적은 일찍이 없었던 것이다.

"내년이면 꽃이 핀다지?"

"글쎄 꽃이 어떤지 몰라?"

"아무튼 이놈의 꽃이 볼 만은 하다는데."

"글쎄 그렇대……."

그러나 떠날 사람은 자꾸 떠나고야 말았다. 올 겨울에 들어서도 방 서방네가 두 집째다.

그들은 사흘 만에야 부르튼 다리를 절뚝거리며 히끗히끗 나부끼는 눈발 속으로 저녁 연기에 싸인 서울을 바라보았다. 그들은 날이 아주 어두워서야 서울 문안에 들어섰다.

서울에는 그들을 반가이 맞아주는 사람이 없지도 않았다.

"어디서 오십니까? 어디로 가시는 길입니까? 우리 여관으로 가십시다."

그러나

"돈이 있나요 어디……."

하면 그 친절하던 사람들은 벌에 쏘인 것처럼 달아나곤 했다.

돈이 아주 없지는 않았다. 집을 팔아 빚을 갚고 남은 것이 몇 원은 되었다. 그러나 그 돈이 편안히 여관에 들어 밥을 사

먹을 돈은 아니었다.

　고달픈 다리를 끌고 교통순사에게 핀잔을 맞으며, 정처없이 거리에서 거리로 헤매던 그들은 밤이 훨씬 늦어서야 한 곳에 짐을 벗어놓았다. 아무리 찾아다니어도 그들을 위해서 눈발을 가려주는 데는 무슨 다리인지 이름은 몰라도 이 다리 밑밖에는 없었다.

　"그년을 젖을 좀 물리구려."

　"그까짓 빈 젖을 물려선 뭘하오."

　아이가 하 우니까 지나던 사람들이 다리 아래를 기웃거려 보기 때문이었다.

　그들은 어둠 속에서 짐을 풀고 굳은 범벅과 삶은 달걀을 물도 없이 먹었다. 그리고 그 저리고 쑤시는 다리 오금을 한 번 펴볼 데도 없이 앉아서, 정 못 견디겠으면 일어서서 어정거리며 긴 밤을 밝히었다.

　이튿날은 그래도 거기가 한데보다는 낫다 하고, 거적을 사다 두르고 냄비를 걸고 쌀을 사들이고 물을 길어들이고 나무도 사들였다. 그리고 세 식구가 우선 하루를 푹 쉬었다.

　눈발은 이 날도 멎지 않았다. 밤이 되어서는 함박송이로 쏟아지기 시작했다. 방 서방은 쏟아지는 눈을 바라보고 이 눈이 그치고는 무서운 추위가 오려니 생각했다. 그리고 또 싸리비를 한 자루 가져왔다면, 하고도 생각했다.

그는 새벽같이 일어났다. 발등이 묻히는 눈 위로 한참 찾아다녀서 다람쥐 꽁지만한 싸리비 하나를 그것도 5전이나 주고 사기는 했다. 그리고 큰 밑천이나 잡은 듯이 집집마다 다니며 아직 열지도 않은 대문을 두드렸다.

"댁의 눈 치워드릴까요?"

"우리 칠 사람 있소."

"댁의 눈 안 치시렵니까?"

"어련히 칠까봐 걱정이오."

방 서방은 어이가 없어.

"허, 마당도 없는 녀석이 괜히 비만 샀군!"

하고 다리 밑으로 돌아오고 말았다.

그는 직업소개소도 가보았다. 행랑도 구해보았다. 지게를 지고 삯짐도 져보려고 싸다녀 보았으나 지게를 부르는 사람은 없었다. 한 학생이 고리짝을 지고 정거장까지 가자고 했지만 막상 닥뜨리고 보니 나중에 저 혼자 다리 밑으로 찾아올 수 있을까가 걱정되었다. 그래서,

"거기 갔다가 제가 여기까지 혼자 찾아올까요!"

하고 어름거렸더니 그 학생은 무어라고 일본말로 핀잔을 주며 가버린 것이었다.

하루는 다리 밑으로 순사가 찾아왔다. 거기로 호구 조사를 온 것은 아니었다.

"다리 밑에서 불을 때면 어떻게 할 테야 응, 날마다 이 밑에 연기가 났어…… 다시 불을 때다가는 이 밑에서 자지도 못하게 할 터이니 그리 알아……."

정말 그 날 저녁부터는 연기가 나지 않았다. 끓일 것만 있으면 다리 밖에 나가서라도 못 끓일 바 아니었지만 그 날은 아침부터 양식이 떨어진 것이다.

"어떡하우?"

아내는 맥이 풀려 울 기운도 없었다. 어린것이 빈 젖을 물고 두어 번 빨아보다가 울곤 울곤 하였다. 방서방은 아무런 대답도 없이 앉았다가 이따금,

"경칠 놈의 세상!"

하고 입맛을 다실 뿐이었다.


이튿날 이른 아침 어린것은 아범의 품에서 잘 때다. 초저녁엔 어멈이 품 속에 넣고 자다가 오줌을 싸면 그 다음엔 아범이 제 품을 헤치고 안고 자는 것이었다. 밤새도록 궁리에 묻혀 잠을 이루지 못하던 아범이 새벽녘에야 잠이 들어 어린것과 함께 쿨쿨 잘 때였다.

김씨는 남편이 한없이 불쌍해 보였다. 술 한잔 허투루 먹는 법 없고 담배도 일하는 날이나 일꾼들을 주려고만 살 줄 알던 남편이, 어쩌다 저 지경이 되었나 생각할 때 세상이 원망스

러울 뿐이었다. 그리고 굶고 앉았더라도 그 집만 팔지 말고 그냥 두었던들 하고, 고향에만 돌아가고 싶은 생각뿐이었다.

김씨는 생각다 못해 바가지를 집어들은 것이다. 고향을 떠날 때 이웃집에서

"서울 가면 이런 것도 산다는데"

하고 짐에 달아주던, 잘 굳고 커다란 새 바가지였다.

그는 서울 와서 다리 밑을 처음 나선 것이다. 그리고 바가지를 들고 나서기는 생전 처음이었다. 다리가 후들후들하였다. 꼭 하루 밤낮을 굶었고 어린것에게 시달린 그의 눈엔 다 밝은 하늘에서 뻔쩍뻔쩍하는 별이 보였다. 그러나 눈을 가다듬으면서 그는 부잣집을 찾았다. 보니 모두 부잣집 같았으나 모두 대문이 굳게 닫혀 있었다. 대문을 연 집, 그는 이것을 찾고 헤맸기에 그만 뒤를 돌아다보지 못하고 이 골목 저 골목으로 앞으로만 나간 것이었다.

다행히 문을 연 집이 있었고, 그런 집 중에도 다 주는 것이 아니었지만 열 집에 한 집으로 식은 밥 더운 밥 해서 한 바가지를 얻었을 때는 돌아올 길을 잃어버리고 만 것이다. 이 길로 나가보아도 딴 거리, 저 길로 나가보아도 딴 세상, 어디로 가야 그 개천 그 다리가 나올는지 알 재주가 없었다. 기가 막히었다. 물어볼 행인은 많았으나, 개천 이름이나 다리 이름을 모르고는 헛일이었다. 해가 높아갈수록 길에는 사람이 들끓었고

그럴수록 김씨는 마음과 다리가 더욱 갈팡질팡하고 있을 때 한 노파가 친절한 손길로 김씨의 등을 뚜드렸다.

"어딜 찾소?"

김씨는 울음부터 왈칵 나왔다.

"염려할 것 없소. 내 서울 장안엔 모르는 데가 없소. 내 찾아주지……."

그 친절한 노파는 김씨를 데리고 곧 그 앞에 있는 제 집으로 들어가 뜨끈한 숭늉에 조반까지 먹으라 했다.

"염려 말고 좀 자시우, 그새 내 부엌을 좀 치고 같이 나갑시다."

김씨는 서울도 사람 사는 데라 인정이 있구나 하고, 그 노파만 하늘같이 믿고 감격한 눈물을 밥상에 떨구며 사양하지 않고 밥술을 들었다. 그러나 굶은 남편과 어린것을 두고 제 목에만 밥이 넘어가지 않았다. 숭늉만 두어 모금 마시고 이내 숟가락을 놓고 노파를 따라 나섰다.

그러나 친절한 노파는 김씨를 당치 않은 곳으로만 끌고 다녔다. 진고개로 백화점으로 개천이라도 당치 않은 개천으로만 한나절을 끌고 다니고는

"오늘은 다리가 아프니 내일 찾읍시다"

하였다. 김씨는 가슴이 찢어지는 것 같았으나 그 친절한 노파의 힘을 버리고 혼자 나설 자신은 없었다. 밤을 꼬박 앉아 새우고 은근히 재촉을 하여 이튿날 아침에도 일찍 나섰으나 노

파는 그저 당치 않은 데로만 끌고 다녔다.

노파는 애초부터 계획이 있었던 것이다. 김씨의 말끔한 얼굴과 살의 젊음을 그는 살진 암탉을 본 격으로 보았던 것이다.

'어떻게 돈냥이나 만들어 써볼 거리가 되면……'

이것이 그 노파가 김씨를 발견하자 세운 뜻이었다.


김씨는 다시 다리 밑으로 돌아올 리가 없었다. 방 서방은 눈에서 불이 났다.

"죽일 년이다! 이 어린것을 생각해선들 달아나다니! 고약한 년! 찢어죽일 년"

하고 이를 갈았다.

방 서방은 이틀이나 굶은 아이를 보다 못해 안고 나서서, 매운것, 짠것, 할 것 없이 얻는 대로 주워먹였다. 날은 갑자기 추워졌다. 어린애는 감기가 들고 설사까지 났다.

밤새도록 어둠 속에서 오줌똥을 받은 이불과 아범의 저고리 섶, 바짓자락은 얼어서 왈가닥거리고, 그 속에서도 어린애 몸을 들여다보는 눈이 뜨겁게 펄펄 달았다.

"어찌하나! 하느님, 이렇게 무심합니까?"

하고 중얼거려도 보았으나, 새벽 찬 바람은 윙 하고 뺨을 갈길 뿐이었다.

날이 밝기를 기다려 아이를 꾸려안고 병원을 물어서 찾아갔다.

"이 애 좀 살려주십시오."

"선생님이 아직 안 나오셨소, 그런데 왜 이렇게 되도록 두었소. 진작 데리고 오지?"

"돈이 있어야죠⋯⋯."

"지금은 있소?"

"없습니다. 그저 살려만 주시면 그거야 제가 벌어서 갚지요. 그걸 안 갚겠습니까."

"다른 큰 병원에 가보시우⋯⋯."

방 서방은 이렇게 병원 집 문간으로만 한나절을 돌아다니다가 그냥 다리 밑으로 돌아오고 말았다.

방 서방은 또 배가 고팠다. 그러나 앓는 것을 혼자 두고 단한 걸음이 나가지지 않았다. 그래도 저녁때가 되어서는 그냥 밤을 샐 수는 없어 보지 않으리라는 듯이 눈을 딱 감고 일어서 나왔던 것이다.

방 서방이 얼마 만에 찬밥 몇 술을 얻어먹고 부랴부랴 돌아왔을 때는 날이 아주 어두웠다. 다리 밑은 캄캄한데 한참 들여다보니 아이는 자리에서 나와 언 맨땅에 목을 늘여뜨리고 흐득흐득 느끼었다. 끌어안고 다리 밖으로 나가보니 경련이 일어나 눈을 뒤집어쓰고 있는 것이었다.

"죽을 테면 진작 죽어라! 고약한 년! 네년이 이걸 버리고 가 얼마나 잘 되겠니……."

방 서방은 몇 번이나

"어서 죽어라!"

하고 아이를 밀어 던지었다가도 얼른 다시 끌어당겨 들여다보
곤 했다. 그럴 때마다 아이의 숨소리는 자꾸 가빠만 갔다.

그러나 야속한 것은 잠, 어느 때쯤 되었을까, 깜박 잠이 들
었다가 놀라 깨었을 때는 그 동안이 잠시 같았으나 주위에는
큰 변화가 생기었다. 날이 환하게 새고 아이에게서는 그 가쁘
게 일어나던 숨소리가 뚝 그쳐 있었다. 겨우 겨드랑 밑에만 미
온이 남았을 뿐, 그 불덩어리 같던 얼굴과 손발은 어느 틈에
언 생선처럼 싸늘하였다.


봄이 왔다. 그렇게 방 서방을 춥게 굴던 겨울은 다 지나가고
그 대신 방 서방을 슬프게 구는 봄이 왔다. 진달래와 개나리
꽃가지들은 전차마다 자동차마다 젊은 색시들처럼 오락가락
하고 남산과 창경궁에 벚꽃이 구름처럼 핀 때였다. 무딘 힘줄
로만 얼기설기한 방 서방의 가슴에도 그 고향, 그 딸, 그 아내
를 생각하기에는 너무나 슬픈 시인이 되게 하는 때였다.

하루 아침, 그 날따라 재수는 있어 식전 바람에 일본 사람의
짐을 지고 남산정 막바지까지 가서 어렵지 않게 50전 한 닢이
들어왔다. 부리나케 술집을 찾아 내려오느라니 일본 집 뜰 안

마당 가지가 휘어지게 열린 벚꽃송이, 그는 그림을 구경하듯 멍하니 서서 바라보았다. 불현듯 고향 생각이 난 것이었다.

　(우리가 심은 벚나무도 저렇게 피었으려니…… 동네가 온통 꽃투성이려니……)

　그때 마침 일본 여자 하나가 꽃 그늘에서 거닐다가 방 서방과 눈이 마주쳤다. 방 서방은 무슨 죄나 지은 듯이 움찔하고 돌아섰다. 꽃결같이 빛나는 그 젊은 여자의 얼굴! 방 서방은 찌르르 하고 가슴을 진동시키는 무엇을 느끼며 내려왔다.

　우선 단골집으로 가서 얼근한 술국에 곱배기로 두어 잔 들이켰다. 그리고 늙스구레한 주모와 몇 마디 농담까지 주거니 받거니 하다 나서니, 세상은 슬프다면 온통 슬픈 것도 같고 즐겁다면 온통 즐거운 것 같기도 했다.

　그러나 술만 깨면 역시 세상은 견딜 수 없이 슬픈 세상이었다.
"경칠 놈의 세상 같으니!"
하고 아무데나 주저앉아 다리를 뻗고 울고 싶었다.

(1932년 1월)

# 달밤

성북동城北洞으로 이사 와서 한 대엿새 되었을까, 그 날 밤 나는 보던 신문을 머리맡에 밀어던지고 누워 새삼스럽게

"여기도 정말 시골이로군!"

하였다.

무어 바깥이 컴컴한 걸 처음 보고 시냇물 소리와 쏴아 하는 솔바람 소리를 처음 들어서가 아니라 황수건이라는 사람을 이 날 저녁에 처음 보았기 때문이다.

그는 말 몇 마디 사귀지 않아서 곧 못난이란 것이 드러났다. 이 못난이는 성북동의 산들보다, 물들보다, 조그만 지름길들보다, 더 나에게 성북동이 시골이란 느낌을 풍겨주었다.

서울이라고 못난이가 없을 리야 없겠지만 대처에서는 못난이들이 거리에 나와 행세를 하지 못하고, 시골에선 아무리 못난이라도 마음놓고 나와 다니는 때문인지, 못난이는 시골에만 있는 것처럼 흔히 시골에서 잘 눈에 뜨인다. 그리고 또 흔

히 그는 태곳적 사람처럼 그 우둔하면서도 천진스런 눈을 가지고, 자기 동리에 처음 들어서는 손에게 가장 순박한 시골의 정취를 돋워주는 것이었다.

그런데 그 날 밤 황수건이는 10시나 되어서 우리 집을 찾아왔다.

그는 어두운 마당에서 지르는 소리로,

"아, 이 댁이 문안서……"

하면서 들어섰다. 잡담 제하고 큰일이나 난 사람처럼 건넌방 문 앞으로 달려들더니

"저, 저 문안 서대문 거리라나요, 어디선가 나오신 댁이죠?"

한다.

보니 '합비'는 안 입었으되 신문을 들고 온 것이 신문 배달부다.

"그렇소, 신문이오?"

"아 그런 걸 사흘이나 저, 저 건너 쪽에만 가 찾았습죠. 제기……"

하더니 신문을 방에 들여놓으며

"그런뎁쇼, 왜 이렇게 쬐그만 집을 사가지고 왔습니까. 내가 알았다면 이 아래 큰 기와집도 많을 텐데……"

한다. 하 말이 황당스러워 유심히 그의 생김을 내다 보니 눈에 얼른 두드러지는 것이 빡빡 깎은 머리로되 보통 크다는 정도

이상으로 머리가 크다. 그런 데다 옆으로 보니 짱구머리다.

"그렇소? 아무튼 집 찾느라고 수고했소"

하니 그는 큰 눈과 큰 입을 일시에 히죽거리며

"뭘입쇼, 이게 제 업인뎁쇼"

하고 빨리 물러서지 않고 목을 길게 빼어 방 안을 살핀다. 그러더니 묻지도 않는데

"저는요, 이 동네 사는 황수건이라 합니다……"

하고 인사를 붙인다. 나도 깍듯이 내 성명을 대었다. 그는 또 싱글벙글하면서

"댁엔 개가 없구만요"

한다.

"아직 없소"

하니

"개 그까짓거 두지 마십쇼"

한다.

"왜 그렇소?"

물으니 그는 얼른 대답하는 말이

"신문 보는 집엔, 개를 두지 말아야 합니다"

한다. 이것 재미있는 말이다 하고 나는

"왜 그렇소?"

하고 또 물었다.

"아, 이 뒷동네 은행에 댕기는 집엔요. 망아지만한 개가 있는 뎁쇼. 아, 신문을 배달할 수가 있어얍쇼."

"왜?"

"막 깨물려고 덤비는 걸요."

한다. 말 같지 않아서 나는 웃기만 하니 그는 더욱 신을 낸다.

"그놈의 개, 그저 한번 양떡을 먹여대야 할 텐데……"

하면서 주먹을 불끈 쥐는데 보니, 손과 팔목은 머리에 비기어 반비례로 작고 가느다랗다.

"어서 곤할 텐데 가 자시오."

하니 그는 마지못해 물러서며

"선생님, 참 이 선생님 편안히 주무세요. 저희 집은 여기서 얼마 안 되는 걸입쇼."

하더니 돌아갔다.

그는 이튿날 저녁 집을 알고 오는데도 9시가 지나서야.

"신문 배달해 왔습니다."

하고 소리를 치며 들어섰다.

"오늘은 왜 늦었소?"

물으니

"자연 그럽죠."

하고 다른 이야기를 꺼냈다.

자기는 워낙 이 아래 있는 삼산 학교에서 일을 보다 어떤 선생하고 뜻이 덜 맞아 나갔다는 것, 지금은 신문 배달을 하나, 원 배달이 아니라 보조 배달이라는 것, 저희 집엔 양친과 형님 내외와 조카 하나와 저희 내외까지 식구가 일곱이란 것, 저희 아버지와 저희 형님의 이름은 무엇 무엇이며, 자기 이름은 황가인 데다가 목숨 수자하고 세울 건자로 황수건이기 때문에 아이들이 노랑수건이라고 놀리어서 성북동에서는 가가호호에서 노랑수건 하면, 다 자긴 줄 알리라고 자랑스럽게 이야기하다가 이 날도

"어서 그만 다른 집에도 신문을 갖다줘야 하지 않소?"

하니까 그때서야 마지못해 나갔다.

우리 집에서는 그까짓 반편과 무얼 대꾸를 해가지고 그러느냐 하되 나는 그와 지껄이기가 좋았다.

그가 아무것도 아닌 것을 가지고 열심히 이야기하는 것이 좋았고, 그와는 아무리 오래 지껄이어도 힘이 들지 않고, 또 아무리 오래 지껄이고 나도 웃음밖에는 남는 것이 없어 기분이 거뜬해지는 것도 좋았다. 그래서 나는 무슨 일을 하는 중만 아니면 한참씩 그의 말을 받아주었다.

어떤 날은 서로 말이 막히기도 했다. 대답이 막히는 것이 아니라 무슨 말을 해야 할까 하고 막히었다. 그러나 그는 늘 나보다 빠르게 이야깃거리를 잘 찾아냈다. 오뉴월인데도 "꿩고기를 잘 먹느냐?"고도 묻고 "양복은 저고리를 먼저 입느냐

바지를 먼저 입느냐?"고도 묻고 "소와 말과 싸움을 붙이면 어느 것이 이기겠느냐?"는 등, 아무튼 그가 얘깃거리를 취재하는 방면은 기상천외로 여간 범위가 넓지 않아 도저히 당할 수가 없었다. 하루는 나는 "평생 소원이 무엇이냐?"고 그에게 물어보았다. 그는 "그까짓 것쯤 얼른 대답하기는 누워서 떡 먹기"라고 하면서 평생 소원은 자기도 원 배달이 한번 되었으면 좋겠다는 것이었다.

남이 혼자 배달하기 힘들어서 한 20부 떼주는 것을 배달하고, 월급이라고 원 배달에게서 한 3원 받는 터라 월급을 20여 원을 받고 신문사 옷을 입고 방울을 차고 다니는 원 배달이 제일 부럽노라 하였다. 그리고 방울만 차면 자기도 뛰어다니며 빨리 돌 뿐 아니라 그 은행에 다니는 집 개도 조금도 무서울 것이 없겠노라 하였다.

그래서 나는 "그럴 것 없이 아주 신문사 사장쯤 되었으면 원 배달도 바랄 것 없고 그 은행에 다니는 집 개도 상관할 바 없지 않겠느냐?" 한즉 그는 둥그래지는 눈알을 한참을 굴리며 생각하더니 "딴은 그렇겠다"고 하면서 자기는 경황이 없어 거기까지는 바랄 생각도 못 하였다고 무릎을 치듯 가슴을 쳤다.

그러나 신문사 사장은 이내 잊어버리고 원 배달만 마음에 박혔던 듯 하루는 마당에서부터 무어라고 떠들어대며 들어왔다.

"이 선생님, 이 선생님 계세요? 아, 저도 내일부턴 원 배달이 올시다. 오늘 밤만 자면입죠……" 한다. 자세히 물어보니 성북동이 따로 한 구역이 되었는데 자기가 맡게 되었으니까 내일은 배달복을 입고 방울을 막 떨렁거리면서 올 테니 보라고 한다. 그리고 "사람이란 게 그렇게 무어든지 끝을 바라고 붙들어야 한다"고 나에게 일러주면서 신이 나서 돌아갔다. 우리도 그가 원 배달이 된 것이 좋은 친구가 큰 출세나 하는 것처럼 마음속으로 진실로 즐거웠다. 어서 내일 저녁에 그가 배달복을 입고 방울을 차고 와서 쫄랑거리는 것을 보리라 하였다.

그러나 이튿날 그는 오지 않았다. 밤이 늦도록 신문도 그도 오지 않았다. 그 다음날도 신문도 그도 오지 않다가 사흘째 되는 날에야, 이 날은 해도 지기 전인데 방울 소리가 요란스럽게 우리 집으로 뛰어들었다.

"어디 보자!"

하고 나는 방에서 뛰어나갔다.

그러나 웬일일까, 정말 배달복에 방울을 차고 신문을 들고 들어서는 사람은 황수건이가 아니라 처음 보는 사람이다.

"왜 전엣사람은 어디 가고 당신이오?"

물으니 그는

"제가 성북동을 맡았습니다"

한다.

"그럼 전엣사람은 어디를 맡았소?

하니 그는 픽 웃으며

"그까짓 반편을 어딜 맡깁니까? 배달부로 쓰려다가 똑똑치
가 못하니까 안 쓰고 말았나봅니다"

한다.

"그럼 보조 배달도 떨어졌소?"

하니

"그럼요, 여기가 따로 한 구역이 된 걸요"

하면서 방울을 울리며 나갔다.

　이렇게 되었으니 황수건이가 우리 집에 올 길은 없어지고
말았다. 나도 가끔 문안엔 다니지만 그의 집은 내가 다니는
길 옆은 아닌 듯 길가에서도 잘 보이지 않았다.

　나는 가까운 친구를 먼 곳에 보낸 것처럼, 아니 친구가 큰
사업에나 실패하는 것을 보는 것처럼, 못 만나는 섭섭뿐만 아
니라 마음이 아프기도 하였다. 그 당자와 함께 세상의 야박함
이 원망스럽기도 하였다.


　한데 황수건은 그의 말대로 노랑수건이라면 온 동네에서
유명은 하였다. 노랑수건하면 누구나 성북동에서 오래 산 사
람이면 먼저 웃고 대답하는 것을 나는 차츰 알았다.

내가 잠깐씩 며칠 보기에도 그랬거니와 그에겐 우스운 일화도 한두 가지가 아니었다.

삼산 학교에서 급사로 있을 때에 삼산 학교에다 남겨놓고 나온 일화도 여러 가지라는데 그 중에 두어 가지를 동네 사람들의 말대로 옮겨보면 역시 그때부터도 이야기하기를 대단히 즐기어 선생들이 교실에 들어간 사이 손님이 오면 으레 손님을 앉히고는 자기도 걸상을 갖다 떡 마주 놓고 앉는 것은 물론, 마주 앉아서는 곧 자기류의 만담 삼매로 빠지는 것인데 한번은 도학무국에서 시학관이 나온 것을 이따위로 대접하였다. 일본말을 못 하니까 만담은 할 수 없고 마주 앉아서 자꾸 일본말을 연습하였다.

"센세이 히, 오하요 고사이 마스카…… 히히, 아메가 후리마스. 유키가 후리마스카 히히……."

시학관도 인정이라 처음엔 웃었다. 그러나 열 번 스무 번을 되풀이하는 데는 성이 나고 말았다. 선생들은 아무리 기다려도 종소리가 나지 않으니까, 한 선생이 나와 보니 종 칠 것도 잊어버리고 손님과 마주 앉아서 "오하요. 유키가 후리마스카……" 하는 판이다.

그 날 수건이는 선생들에게 단단히 몰리고 다시는 안 그러겠노라고 했으나, 그 버릇을 고치지 못해서 결국 쫓겨나오고 만 것이다.

그는 "너의 색시 달아난다" 하는 말을 제일 무서워했다 한다. 한 번은 어느 선생이 장난의 말로

"요즘 같은 따뜻한 봄날엔 옛날부터 색시들이 달아나기를 좋아하는데 어제도 저 아랫마을에서 둘이나 달아났다니까 오늘은 이 동리에서 꼭 달아나는 색시가 있을걸……"

했더니 수건이는 점심을 먹다 말고 눈이 휘둥그래졌다 한다. 그리고 그 날 오후에는 어서 바삐 하학을 시키고 집으로 갈 양으로 50분 만에 치는 종을 20분 만에 함부로 다가가서 쳤다는 이야기도 있다.

하루는 내가 거의 그를 잊어버리고 있을 때,

"이 선생님 곕쇼?"

하고 수건이가 찾아왔다. 반가웠다.

"선생님, 요즘 신문이 거르지 않고 잘 옵죠?"

하고 그는 배달 감독이나 되어 온 듯이 묻는다.

"잘 와요, 왜 그러죠?"

한즉 또

"당신이 돌 때보다 3시간은 일찍 오고 날마다 꼭꼭잘 와요"

하니 그는 머리를 벅적벅적 긁으면서

"하루라도 거르기만 해라, 신문사에 가서 대뜸 일러 바치지……"

하고 그 빈약한 주먹을 부르댄다.

"그런뎁쇼, 선생님?"

"왜 그래요?"

"삼산 학교에 말씀이에요. 제 대신 들어온 급사가 저보다 근
력이 세게 생겼습죠?"

"나는 그 사람을 보지 못해서 모르겠소"

하니 그는 은근한 말소리로 히죽거리며

"제가 거길 또 들어가 보려고요, 운동을 합죠"

한다.

"어떻게 운동을 하오?"

"그까짓거 날마다 사무실로 가죠. 다시 써달라고 졸라댑죠.
아, 그랬더니 새 급사란 녀석이 저보다 크기도 무척 큰뎁쇼,
이 녀석이 막 불끈댑니다그려. 그래 한번 쌈을 해야 할 텐뎁쇼.
그 녀석이 근력이 얼마나 센지 알아야 덤벼들 텐뎁쇼…… 허."

"그렇지 멋 모르고 대들었다 매만 맞지"

하니 그는 한 걸음 다가서며 또 은근한 말을 한다.

"그래서요, 엊저녁엔 큰 돌멩이 하나를 굴려 삼산 학교 대문
에다 났습죠, 그리고 오늘 아침에 가보니깐 없어졌는뎁쇼. 이
녀석이 나처럼 억지로 굴려다 버렸는지 번쩍 들어다 버렸는지
그만 못 봤거든입쇼. 제기랄……"

하고 머리를 긁는다. 그러더니 갑자기 무얼 생각한 듯 손벽을

탁 치더니

"그런데요. 제가 온 건 말이에요. 댁에선 우두를 넣지 마시라고 왔습죠"

한다.

"우두를 왜 넣지 말란 말이오?"

한즉

"요즘 마마가 다닌다고 모두 우두들을 넣는뎁쇼, 우두를 넣으면 사람이 근력이 없어지는 법인뎁쇼"

하고 자기 팔을 걷어올려 우두 자리를 보이면서,

"이걸 봅쇼, 저도 우두를 이렇게 넣기 때문에 근력이 줄었습죠"

한다.

"우두를 넣으면 근력이 준다고 누가 그럽디까?"

물으니 그는 싱글거리며

"아 제가 생각해냈습죠"

한다.

"왜 그렇소?"

하고 캐니

"뭘…… 저 아래 윤금보라고 있는데 기운이 장산뎁쇼, 아 삼산 학교 그 녀석도 우두만 넣었다면 그까짓 것 무서울 것 없는뎁쇼, 그걸 모르겠거든입쇼……"

한다. 나는

"그렇게 용한 생각을 하고 일러주러 왔으니 아주 고맙소"

하였다. 그는 좋아서 벙긋거리며 머리를 긁었다.

"그래 삼산 학교에 다시 들기만 기다리고 있소?"

물으니 그는

"돈만 있으면 누가 그까짓 '고스가이' 노릇을 해요. 밑천만 있으면 삼산 학교 앞에 가서 버젓이 장사를 할 텐뎁쇼"

한다.

"무슨 장사?"

"아, 방학 될 때까지 참외 장사도 하고요, 가을부턴 군밤 장사, 왜떡 장사, 습자지 도화지 장사 막 하죠. 삼산 학교 학생들이 저를 선생들보다 낫게 치는 뎁쇼"

한다.

나는 그 날 그에게 돈 3원을 주었다. 그의 말대로 삼산 학교 앞에 가서 버젓이 참외 장사라도 해보라고. 그리고 돈은 남지 못하면 돌려오지 않아도 좋다 하였다.

그는 3원 돈에 덩실덩실 춤을 추다시피 뛰어나갔다. 그리고 그 이튿날

"선생님 잡수시라굽쇼"

하고 나 없는 때 참외 3개를 갖다두고 갔다.

그러고는 온 여름 동안 그는 우리 집에 얼씬하지 않았다.

들으니 참외 장사를 해보긴 했는데 이내 장마가 들어 밑천만 까먹었고, 또 그까짓 것보다 한 가지 놀라운 소식은 그의 아내가 달아났다는 것이라 한다. 저희끼리 금슬이 괜찮았건만 동서가 못견디게 굴어 달아난 것이라 한다. 남편만 남 같으면 따로 살림 나는 날이나 기다리고 살 것이나 평생 동서 밑에 살아야 할 신세를 생각하고 달아난 것이라고 한다.

그런데 요 며칠 전이었다. 밤인데 달포 만에 수건이가 우리 집을 찾아왔다. 웬 포도를 큰 것으로 5, 6송이를 종이에 싸지도 않고 맨손에 들고 들어왔다. 그는 벙긋거리며

"선생님 잡수라고 사왔습죠"

하는 때였다. 웬 사람 하나가 날쌔게 그의 뒤를 따라 들어오더니 다짜고짜로 수건이의 멱살을 움켜쥐고 끌고 나갔다. 수건이는 그 우둔한 얼굴이 새파랗게 질리며 꼼짝 못하고 끌려나갔다.

나는 수건이가 포도원에서 포도를 훔쳐온 것을 직감하였다. 쫓아나가 매를 말리고 포도 값을 물어주었다. 포도 값을 물어주고 보니 수건이는 어느 틈에 사라지고 보이지 않았다.

나는 그 다섯 송이의 포도를 탁자 위에 얹어놓고 오래 바라보며 아껴 먹었다. 그의 은근한 순정의 열매를 먹듯 한 알을 가지고도 오래 입 안에 굴려보며 먹었다.

어제다. 문안에 들어갔다 늦어서 나오는데 불빛 없는 성북

동 길 위에는 밝은 달빛이 짚을 깐 듯하였다.

그런데 포도원께를 올라오노라니까 누가 맑지도 못한 목청으로,

"사……게…와 나……미다카 다메이……키……카"를 부르며 큰길이 좁다는 듯이 휘적거리며 내려왔다. 보니까 수건이 같았다. 나는

"수건인가?"

하고 아는 체하려다 그가 나를 보면 무안해 할 일이 있는 것을 생각하고, 휙 길 아래로 내려서 나무 그늘에 몸을 감추었다.

그는 길은 보지도 않고 달만 쳐다보며, 노래는 그 이상은 외지도 못하는 듯 첫 줄 한 줄만 되풀이하면서 전에는 본 적이 없었는데 담배를 다 퍽퍽 빨면서 지나갔다.

달밤은 그에게도 유감인 듯하였다.

(1933년 10월)

# 아무 일도 없소

A "에로가 빠져서는 안 될 텐데……."

B "그럼요, 지난번 ×× 신년호를 봐요. 그렇게 크게 취급한
재만 동포 문제니 신간회 해소 문제니 하는 것은 설명이 없어
도 침실 박람회는 간 데마다 화제에 오르내립니다."

C "참 ×× 신년호는 그 제목 하나로 1000부는 더 팔았을
걸. 그렇지만 너무 노골적입니다."

D "그래도 글쎄 그렇게 안 하곤 안 돼요. 잡지란 무엇으로
든지 여러 화두에 오르내릴 기사가 있어야 그거 어느 잡지에
서 봤느냐 어쨌느냐 하고 그 책을 찾게 되지……."

E "사실이야, 아무래도 번쩍 피는 큰 '에로' 제목이 하나 있
어야 돼, 더구나 봄인데."

이것은 M잡지사의 편집 회의의 한 토막이었다.

그네들은 이와 같이 '에로'에 치중하자는 데 의견이 일치하
였다. 그래서 한 편 구석에서 약간 얼굴이 붉어진 여 기자만

이 입을 다물고 앉았을 뿐이요, 그 외에는 저마다 우쭐하여 다투어가며 '에로'짜리 제목을 주워 성기었다.

그러나 이번에도 결국 예정 목차에 오른 것은 역시 눈을 딱 감고 남의 말은 못 들은 체하고 앉아 있다가 제일 나중에 제일 자신이 있어 내어놓은 편집국장의 것이 되고 말았으니 그것은 '신춘 에로 백경집'이란 그들의 용어를 빌려 말한다면 과연 '센세이션 100퍼센트'짜리 제목이었다.


그 날 저녁 K는 11시가 되는 것을 보고 주인 집을 나섰다. 그는 못 먹는 술이지만 얼굴만이라도 물들이기 위해서 선술집을 들러나와 광희문 가는 전차를 올라탔다.

K는 M잡지사 기자다. 물론 편집국장이 지정해준 자기 구역으로 '에로 백경'을 구하러 나선 길이다.

K는 몹시 긴장하였다. 먹을 줄 모르는 술을 곱배기로 두 잔이나 마신 것보다도 처음으로 유곽이란 데를 찾아가는 것이 더 가슴을 두근거리게 하였고 또 M사에 입사한 지 두 주일도 못 되는 자기로서는 이것이 자기의 수완을 드러내보일 첫 과제인 것에 더 신경이 초조하였다. 그래서 그의 머릿속에는 벌써 아무런 다른 생각이 나부낄 여지가 없었다.

저녁을 먹을 때만 하여도 그는 밥 주발과 함께 자기 자신에게 가볍지 않은 멸시와 분노를 느끼며 모래알 같은 밥알을 씹

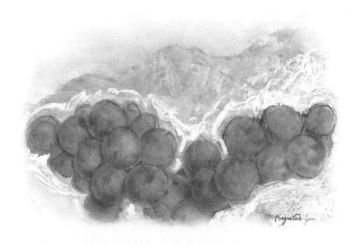

었다. 그것은 자기가 M사 처음 입사하던 날 저녁과 그 이튿날 아침 처음으로 출근하러 가던 감상을 추억해본 때문이다. 그때 자기는 M사에서 단순히 직업 하나를 구한 것으로만 해석하지 않았다. 그래서 길 위에서 낯모르는 사람들과 지나치면서도 그 사람들에게 새삼스러운 우의友誼와 악수握手를 느낀 것이다.

'나의 붓은 칼이 되자, 저들을 위해서 칼이 되자. 나는 한 잡지사의 기자가 된 것보다 한 군대의 군인으로 입영한 각오가 있어야 한다.'

이러한 감격으로 가슴을 울렁거리던 것을 생각하고 오늘 저녁에 유곽으로 '에로' 재료를 찾아나설 것을 생각할 때 K는 자기 자신과 M사에 대한 적지 않은 실망과 분노를 느끼지 않을 수 없었다.

'이런 간상배奸商輩의 짓을 하면서도 어디 가서 조선 민중을 내세우며 떳떳이 명함 한 장을 내어놓을 수가 있을까?'

K는 씹은 밥이 목구멍으로 잘 넘어가지를 않았다.

그러나 그것도 잠깐이었다. K의 이렇듯 델리킷한 번민은 자기의 조그만 현실 앞에서 그리 목숨이 길지 못하였다.

"반찬이 없어서…… 밤이 더웠는지 오늘은 풍세가 있길래 석탄을 두 덩이나 더 넣었지만……" 하면서 문을 열어보는 주인 마님의 그 상냥스러워진 얼굴, 밥값도 싫으니 방이나 내어놓으라고 밀어내듯 하다가 취직이 되었다는 말을 듣고부터는 갑자기 딴 사람처럼 상냥스러워진 그 주인 마님의 얼굴을 마주할 때 K의 그 델리킷한 번민은 봄바람 앞에 눈 쓸 듯 사라지고 만 것이다. 석 달치 밥값! 뒤축이 물러앉은 구두! K는 벌써 아직도 여러 날 남은 월급날을 꼽아보았다. 그리고 편집국장이 자기만 따로 불러가지고 특별히 주의시켜주던 것이 생각났다.

"그런 데 가서는 창부나 밀매음녀를 만나더라도 문학 청년식으로 센티멘털한 인도감人道感을 일으켜서는 실패합니다."

K는 벌써 다른 여념이 없었다. 어떻게 하여야 크게 센세이션을 일으킬 기발한 '에로'를 붙들어서 제각기 우월감으로만 가득 찬 편집실 안에서 자기의 존재도 한 몫 세워볼 수 있을까 하는 직업적 야심밖에는 아무것도 없었다.

K는 전차를 내려 어두컴컴한 병목정 거리를 토파 올라갔다. 거리는 들어갈수록 불이 밝고 번화하여 이곳은 다시 초저녁이 오는 것 같았다. 바람은 잦았으나 이른봄이라 하여도 귀가 시릴 만큼 쌀쌀하였다. K는 추운 것보다 아는 사람을 만날까 하여 모자를 푹 눌러 썼다.

불 밝은 이집 저집 대문간에는 젊은 사내들이 두루마기짜리, 양복쟁이 할 것 없이 수개 떼 모양으로 몰려섰다. K는 무시무시하였다. 그리고 어디쯤 가서 걸음을 멈춰야 할지 몰라서 무슨 딴 볼일이 있는 사람처럼 간지러운 얼굴을 숙이고 쏜 살같이 올라만 갔다. 이집 저집 대문간에서 혹은 들창 안에서 계집애들이

"여보, 여보세요"

하고 완연히 K를 불렀다. 어떤 것은 술 취한 사람 모양으로 목이 잠긴 소리로,

"여보, 모자 숙여 쓰고 가는 양반?"

하고 불렀다. 그런 때면 K는 더 걸음을 자주 놀렸다. 그러고 보니 얼마 안 가서 K의 앞에는 커다란 길이 나오고 말았다.

그 한길은 보통 평범한 거리 같았다. K는 실소하지 않을 수가 없었다.

그러나 가만히 좌우를 살펴본즉 산 밑으로 올라가며, 보통 상점 집과는 다른 일본식 2층집 3층집들이 즐비하게 놓여 있었다. 그때에 K는 옳구나 저기가 정말 유곽인가보다 생각하였다. 그리고 가까이 가서 본즉 과연 집집마다 문 안에 으슥하게 들어설 곳을 만들어놓고 마치 활동 사진관 문 앞에 배우들의 프로마이트를 걸어놓듯 창기들의 인형 같은 사진을 진열해놓았다. K는 아까 지나온 조선집 거리처럼 그렇게 난잡스럽지 않은 것을 다행으로 여기며 모자는 숙여 쓴 채 너덧 집이나 문간에 들어서서 다른 사람과 함께 구경을 하였다. 그러나 별로 붙잡을 것이 없었다. 그 모양으로 다니다가는 밤을 새도

기사 될 재료는 하나도 없을 것 같았다. 그래서 K는 다시 용기를 내어 각오하였다. 이것도 기자 생활의 수난인가보다, 나선 길이니 천천히 한번 활약해보자 하고, 다시 아까는 곁눈질도 못 하고 지나온 좁은 거리로 되들어섰다.

K는 무엇보다 창부들 속에 소녀가 많은 것에 놀랐다. 소녀라니까 정동녀貞童女를 의미함이 아니라, 몸으로써 사내를 꼬이기에는 너무나 털도 벗지 않은 살구처럼 이제 15, 6세짜리들이 머리채를 땋아늘인 채로 대문간에 나서서 노래가사를 흥얼거리며 이 녀석 저 녀석에게 추파를 보내는 꼴은 K가 보기에는 너무나 비극이었다. K는 고 또래 중의 하나에게 어느 틈에 손목을 붙잡히었다. 그리고 어느 집 안마당으로 끌려 들어갔다.

K는 얼굴이 화끈거리고 그 계집애의 하는 양에 흥분을 느끼기보다 측은하게만 보였으나, 아까 편집국장의 주의가 이런 때의 나의 심리를 경계함이거니 하고 그 계집애가 하라는 대로 따라하여 보았다. 그러나 방문을 열고 들어가자는 데는 생각할 일이었다.

이런 때에 쓰라고 준 것인지는 모르나 아무튼 사에서 밤참 값으로 몇 원씩 받아넣은 것이 있기는 하지만 그 돈을 쓸 목적으로 그 방에 따라 들어갈 용기가 없었다. K는 그만 툇마루에 걸터앉고 말았다.

그때 마침 빈 듯이 조용하던 옆 방에서 문이 열리더니 동저고리바람의 노동자 하나가 얼굴을 들지 못하고 후다닥 뛰어나왔다. 그리고 제 뒤를 따라 나와 간들어지게

"안녕히 가세요, 또 오세요"

하고 인사하는 계집을 한번 돌아다보지도 않고 무안이나 당한 것처럼 뛰어나갔다.

K는 도둑놈이나 본 것처럼 가슴이 서늘하였다. 그리고 얼마 멀지 않은 곳에서 전차 소리가 울려오는 것을 듣고(불과 지척인데 이런 세상이 있었구나!) 하는 것을 새삼스럽게 느끼었다.

계집애는

"어서 들어와요"

하고 입술을 생긋하였다. 어느 틈에 다른 계집들이 모여들어 K의 모자를 벗기고 K의 구두끈을 풀고 말이나 돼지를 몰아넣듯 K를 몰아넣었다. 그리고 방문까지 닫아주고는 모두 흩어졌다.

계집애는 K의 모자를 집어 걸었다. 그리고 경대 앞으로 가더니 물 건너온 구렁이처럼 기름이 번지르르한 머리채를 올려 어여머리를 틀고 나서는 서슴지 않고 저고리를 벗었다. 그 몇 푼짜리 안 되어 보이는 인조견 저고리가 대단한 것처럼 소매를 맞추어 개어놓더니 다른 저고리를 갈아입지도 않고 벗은 채로 K와 마주 섰다. K는 그 계집애의 속 몸을 보고 다시 한

번 놀라지 않을 수 없었다.

"너 몇 살이냐?"

"그렇게 노려보지 말아요. 무서워요 호호호……."

그 계집애는 제 손으로 K의 눈을 가리며 어리광을 떨었다. 그 애티 있는 목소리엔 그렇게 어리광을 부리는 것만은 천연 스러웠다.

"너 몇 살이냐?"

계집애는 나 몇 살이오 하고 묻는 대로 대답하는 것은 싱 거운 줄을 알았다.

"나 몇 살 같아 뵈우? 알문 용치?"

K는 계집애의 나이를 짐작할 수가 없었다. 말소리와 얼굴 을 보면 많아야 열대여섯밖에 안 되어 보이나 그의 젖가슴을 보면 스무 살도 훨씬 넘을 것 같았다. K는 귀신에게 홀린 것 같았다. 애티 있는 얼굴을 보고 불쌍하게만 생각하였던 K도 계집애의 속 몸만은 완전히 계집의 한 몫을 당할 만한 것을 볼 때 묵살하기 어려운 새로운 흥분으로 전신이 흔들리었던 것이다.

그러나 K는 그 계집애가 치마끈까지 정식으로 흥정을 걸려 할 때 다시는 그의 나이도 물어볼 용기 없이 1원짜리 지전 한 장을 빼어놓고 그대로 나오고 말았다.

집집마다 문간과 들창문 앞에 와자지껄하고 모여 섰는 어

중이 떠중이들은 아까와 다름 없었다.

우선 정신을 가다듬으려 어두운 골목으로 들어섰다. 그리고 그 어두운 골목, 남의 집 담장 밑에서 새 에로 하나를 발견한 것이다.

어두운 골목에서도 다시 그늘 속에서 창부 같지도 않은 흰 두루마기 입은 여자 하나가 분명히 K를 불렀다. K가 가까이 다가선즉 그는 또 분명히

"이리 좀 오세요"

하고 앞을 서서 걸었다.

'옳다, 이런 것이 "도쿠다네"로구나'

하고 그의 뒤를 쫓아섰다. 호리호리한 키와 몸 맵시가 있었다. 몇 걸음 가지 않아서 그는 돌아보곤 하였다. K의 눈에도 이상스러운 것은 이런 짓을 하는 여자 쳐놓고 머리 매무새가 거친 것과 걸음이 빠른 것이었다. K는 무섭기도 하였다. 그러나 기사 재료로는 다시 없는 흥미에 부지런히 쫓아갔다.

골목은 점점 어둡고 좁아졌다. 오막살이들만 모여 앉은 골목을 몇 번을 꼬부라졌는지 유곽촌과는 완전히 경계를 벗어났을 즈음에 그 계집은 다 쓰러져가는 오막살이 앞에서 발을 멈추며 K를 돌아다보았다.

"누추하지만 좀 들어오세요."

"들어가도 괜찮소?"

"네, 염려 마시고……."

그러나 K는 주저하다가 자기의 목적과 정체가 다른 것을 생각하고 용기를 얻었다. K는 그의 뒤를 따라 행랑도 없는 문간에 들어서니 이내 마주치는 것이 여자가 문을 여는 건넌방이요. 손바닥만한 마루를 건너 안방은 불이 켜 있기는 하였으나 덧문이 닫혀 있었다. 벌써 새로 한 점은 되었을 때라 빈민촌의 밤은 죽음과 같이 고요하였다.

K는 머리끝이 쭈뼛쭈뼛하는 것을 참고 주인이 인도하는 대로 방 안에 들어섰다. 방 안은 전기도 아니요, 촛불인 것이 더 그로테스크하였다.

"여기 앉으세요."

K는 앉으라는 대로 하였다.

"모자 벗으셔요."

K는 그것도 하라는 대로 하였다.

방 안에는 경대 하나 없었다. 그 값싼 인조견 이불 한 채 놓이지 않았다. K는 이 여자가 너무도 살림이 구차해서 이 짓을 하는구나 추측하였다. 고생살이에 쪼들리긴 한 얼굴이나 나이 이제 24, 5세밖에는 안 돼 보이는 때라 워낙 바탕이 동그스름한 얼굴이 곱다기보다 어딘지 품위 있어 보였다.

"저 방에는 누가 있소?"

K는 안방 쪽을 가리키며 넌지시 물었다.

"상관 없는 사람이에요."

K는 이왕 이만큼 발전한 이상 풍부한 내용을 파악하기에 노력할 것을 잊지 않았다. 그래서 싸늘한 그 여자의 손을 잡아보며 수작을 건네었다.

"마음놓고 앉았을 수 있소?"

웬일일까, 방긋 웃고 대답할 줄 알았던 그 여자의 입에서는 기다란 한숨만이 흘러나왔다. 방 안은 더욱 쓸쓸해졌다. 그제야 K의 눈에 뜨이는 것은 그 여자의 붉은 눈알과 부석부석한 눈꺼풀이었다. 그 여자는 울음에 피곤한 사람이 틀리지 않았다.

"당신도 남정네시니 노여워하진 마시고 그냥 돌아가세요, 네……?"

K는 점점 의아하였다. 무슨 영문일까? 자기가 먼저 유인한 것인데…… 아무튼 단순한 '에로'는 벌써 깨지고 말았다. 그렇지만 이것도 흥미있는 재료다. K는 그 여자의 눈치만 보고 앉았노라니까 그 여자는 얼굴을 반쯤 외면하면서 이런 말을 하였다.

"이렇게 된 바에야 내 몸을 아끼는 게 아니에요, 병이 있어요 저에겐…… 그냥 가세요. 와보시니까 아시겠지만 너무 절박한 사정이 있어 이렇게 나섰습니다."

그의 말끝에는 또 기다란 한숨이 따라나왔다.

"대강 짐작은 하겠소."

그러나 K는 센티멘털은 금물이라는 편집국장의 부탁을 잊지 않았다. 그리고 이렇게 하는 것이 M사에서 파견한 사명인 줄 느끼며, 잔인한 것을 참고 그 여자의 손목을 잡아당겨 보았다. 그러니까 그 여자도 허물 없이 끌려오며 외면하였던 얼굴까지 갖다대어 주었으나 금수가 아닌 다음에야 어찌 그 눈물 젖은 얼굴 위에서 향락을 구할 수가 있으리요, K는 선뜻 손을 놓고 뒤로 물러앉고 말았다. 그러고는 바람벽을 둘러보다가 촛불 가까이 걸려 있는 때 묻은 사진 한 장에 눈이 머물렀다. K는 가까이 들여다보았다. 어떤 기골이 청수한 중년 노인의 사진인데 관을 쓰고 중추막을 입고 행건을 치고 병풍을 배경으로 걸터앉은 것이 보통 서민 같지 않은 사람이다.

"누구의 사진이오?"

그 여자는 눈물을 씻을 뿐이요, 얼른 대답하지 않았다. K는 진정으로 물었다. 진정으로 집안 사정을 물음에 그 여자도 K의 사람된 품을 믿음인지, 다음과 같이 대강은 이야기하였다.

"아버지 사진이에요. 전에 합방 전에 충청도 서산 고을 사실 때 사진이래요…… 그래 이런 세상이 있어요?"

그는 설움에 말문이 막히곤 하였다.

"아버진 만세 때 대동단에 끼어서 해외로 가셨습니다. 두 달만에 북경서 한 번 편지가 있은 후로는 10여 년이 되도록 소식이 없을 때에야 노래에 생존해 계시리라고 믿지도 못합니다. 어머니와 나는 지금도 수송동에 있지만 그 집을 팔아서 5, 6년 동안 먹어오다가 그 후에는 내가 유리 공장에 다니었지요……. 거기서도 어디 내가 잘못해서 나왔나요. 감독 녀석이 내게다 눈을 두니까 말썽이 일어나서 못 댕기게 됐지요……."

K는 그 여자의 얼굴을 다시 한 번 뜯어보았다. 그리고 행복스러울 때의 그 청초한 맵시가 있을 그 여자의 풍모를 상상하여 보았다.

"……식구는 단 두 식구지만 버는 사람 없이 어떻게 견딥니까. 그래서 요 앞에서 싸전하는 녀석이 있어요. 그 녀석이 상처를 하고 나서 자꾸 사람을 보내길래 하는 대로 가만 뒀지요."

그는 상기한 얼굴이 더 한 겹 붉어졌다.

"글쎄, 이불 한 자리 하지 않고 쌀 몇 말 갖다놓고는…… 목구멍이 포도청이지요…… 남의 몸을 더럽혀 놓고 그 뿐인가요, 휴……."

그는 청아에 맞은 날짐승처럼 고개를 떨어뜨리고 흐득흐득 느껴 울었다. K도 눈이 뜨겁고 콧잔등이 뻐근해오는 것을 누르기 어려웠다.

"글쎄, 그 못된 병을 옮겨주고는 발을 뚝 끊습니다 그려. 그런 놈이 있어요? 세상에 약값이나 좀 물어달래도 못 들은 체하지요."

"그놈을 고소를 하지요?"

K도 분해하였다.

"고소요? 그렇잖아도 고소들을 하라고 그래요. 그래서 경찰서엘 갔더니 이런 동리에 사는 때문인지 되레 나를 글쎄 밀매음을 했다고 이 뺨 저 뺨 때리며 가둡니다그려……."

그는 눈을 껌벅거리며 입을 비죽거렸다.

"그러니 호소무처 아냐요. 엊저녁에 1주일 만에 유치장을 나왔습니다. 밀매음을 하고 돈 못 받았다고 고소하러 왔다가 도리어 잡힌, 뱃심 좋은 밀매음녀라고 신문에도 났다고들 합니다. 몹쓸 놈의 세상 같으니……."

K도 며칠 전에 두 신문에서나 그 기사를 본 생각이 났다.

"난 유치장에서 굶지는 않았지요. 글쎄, 육십 노인이 며칠을 굶으셨는지 말씀도 못하고 누워계십니다그려. 그러니 내가 어떻게 합니까? 힘이 세니 강도질을 합니까? 무슨 잡혀먹을 것이나 남았습니까? 생각다 못해 나섰지요…… 그랬더니…… 어젯밤에 내가 웬 사내 하나를 데리고 이 방으로 들어오는 것을 어머니가 아셨나봐요. 무슨 이상스런 기척이 있길래 곤두박질을 해서 건너가봤더니 벌써 어머니는 눈을 치뜨고 양잿물 그릇만 뒹굴고 있습니다그려. 사람 살리라고 소리도 쳐보고 싶었지만 말이 나와야죠. 어머니 시체는 지금 저 방에 계십니다. 저 안방에……. 이러고 내 목숨이 살아서 무엇 합니까 마는 내 어머니 시체나 내 손으로 감장해야 안 합니까……."

그는 여기까지 말을 하더니 갑자기 입술을 바르르 떨고 상기되었던 얼굴이 백짓장처럼 질리면서 쓰러지려 하였다.

"왜 아프시오?"

"아니오…… 아니오"

할 뿐 더 기신을 차리지 못했다.

K는 그만 자기 동기간의 일처럼 울음이 터져나오려 하였다. 그를 끌어안고 같이 소리내어 울고 싶었다. 방바닥은 얼음같이 차올라왔다. 그러나 K는 얼굴이 화끈하였다. "저들을 위해서 나의 붓은 칼이 되리라 한 그 붓을 들고 자기는 무엇을 쓰러 나섰던 길인가? 고약한 놈이다!" 하고 K는 얼마 안 되는 시재를 털어놓고 사람 살리라고 소리나 지를 것처럼 주먹을 쥐고 서두르며 그 집을 뛰어나왔다.

그러나 세상은 얼마나 고요하랴. 얼마나 평화스러우랴. 어디선지 야경꾼의 딱딱이 소리만이 "불도 나지 않았소, 도둑도 나지 않았소, 아무 일도 없소" 하는 듯이 느릿느릿하게 울려왔을 뿐이다.

(1931년 7월)

# 실낙원 이야기

나는 동경서 나올 때 오직 한 줄기의 희망이 있었을 뿐이다.

그것은 "어느 한적한 산촌, 차에서 내려 며칠을 걸어가도 좋고, 전선줄도 아직 닿지 않은, 신작로 하나 나지 않은, 그런 궁벽한 산촌이 있다면 거기 가서 원시인의 양심과 순박한 눈동자를 그대로 지니고 있는 숫된 아이들을 상대로 그들을 가르치고 나도 공부하고 이 상업 문명과 거의 몰교섭한 그 동리의 행복을 위해서 수공업手工業의 문화를 일으키리라." 이것이 나의 유일한 이상이었다. 이것을 생각할 때만 나의 팔뚝에는 심줄이 일어섰던 것이다.

그래서 나는 P촌을 발견하였을 때, P촌에 있던 K교사가 그만 두고 그 자리가 나에게 물려질 때, 나의 기쁨은 형언할 수 없었다. 나 혼자 유토피아에 든 듯했었다.

P촌은 그 촌의 자연부터 아름다웠다. 동남이 터져서 볕이 밝고 강 있는 벌판이 눈앞에 질펀히 깔렸으며 서북으론 큰 산

이 첩첩이 둘려 아늑하고 물 좋고 꽃 많고 짐승 많고 나무 흔한 곳이었다. 이 동리에는 팔십 몇 호의 초가집과 두 기와집이 있는데 큰 기와집 하나는 그 동리에서 제일가는 부자 이진사네 집이요, 다른 기와집 하나는 내가 가 있게 된 학교 집이었다.

학교 이름은 신명 의숙新明義塾이란 간판이 걸려 있었다. 이 신명 의숙은 그 동리에서 여러 대 전부터 학계學契를 모아 경영해오던 서당으로서 '아이우에오' '가감승제' 같은 신학문을 가르치기 시작한 지는 기미년 이후부터라 한다.

학생은 남아 40명 여아 10여 명, 모두 52, 3명인데 세 학급으로 나누어 있으며, 그것을 모두 혼자 맡아 가르치는데 봉급은 1년 회계로 백미 140두다.

나는 만족하였다. 그 학교에는 이름은 교장이 있으나 실제 나 혼자가 교장이요, 교원이었다. 교원도 나 한 사람 뿐이니 내 마음대로 모든 것을 실행할 수 있었다. 나는 홀몸이라 밥은 어느 학생 집에 붙어먹고 자기는 학교 안에서 잤다.

교장 이하 모든 학부형들이 다 나를 좋아하였고 학생들도 나를 따랐다. 그래서 나는 신명 학교의 교사뿐이 아니었다. 앞집, 뒷집에서 다 나에게 와서 편지를 썼다. 편지뿐만이 아니라 집안일까지 의논하러 왔다. 집안일뿐만 아니라 동리의 젊은 사람들, 구장과 동장, 그네들은 동리 일까지 나와 의논하였다.

아니 의논이라기보다 나에게 재가를 받고 실행하게끔 그 동리가 온통 나를 믿어주었다. 나는 그들에게 정성을 다하였다. 그들의 무지와 그들의 빈곤을 위해 나의 지혜껏 활약하였다.

"선생님이 오신 뒤로 우리 동리엔 돈이 한결 흔해졌습니다."

"선생님이 우리 동리에 10년만 계셔주었으면 우리 동리는 모두 제 땅만 갈아먹고 살게 되겠습니다."

"10년이 무어여 선생님? 선생님은 고향으로 가실 생각 마시고 우리 촌에서 장가까지 들고 아주 우리 동리 어른이 되어주십시오."

"어디 우리 동리에 선생님 배필이 될 만한 색시가 있어야지……."

동네 사람들은 모이면 흔히 이런 소리들을 했다.

아닌게 아니라 나는 그 동리에서 영주하고 싶었다. 장가도 가고 싶었다.

정 서방네 큰 갓난이! 나는 그를 퍽 좋아하였다. 그도 그랬다. 나는 서울과 동경에서 장미꽃 같은 계집애는 많이 보았다. 그러나 정 갓난이처럼 박꽃같이 희고 고요하고 순박한 처녀는 처음 본 것이다. 그 장식함이 없이 진정 그것이 향기를 풍기는 듯한 눈알, 뺨. P촌은 틀림없이 나의 낙원이었다. 나는 왜 이 낙원에서 쫓기어 나왔는가?

하루는(내가 P촌에 간 지 다섯 달쯤 되어서다) 30리 밖에 있는 주재소에서 소장이 나왔다. 그 동안 순사는 몇 번 와서 이런 이야기 저런 이야기 물어갔지만 소장이 오기는 처음이라, 더구나 온전히 나 때문에 경관이 오기는 처음이었다. 그는 내가 보기에는 좀 무례하였다. 아무리 시골 학교기로니 그는 수업 중에 문을 열고 좀 나오라 하였고 처음 말부터 내리깔 듯이 불렀으며 내 방으로 가서는 나의 허락도 없이 책상에 놓인 책들을 끌어내어 가지고 뒤지었다. 나는 눈이 휘둥그래져서 코를 훌쩍거리고 섰는 아이들과 같이 그저 그에게 겸손했을 뿐이다.

"이런 책이 무슨 필요가 있소? 저런 아이들에게 이런 것 가르치오?"

그는 대삼영大杉榮의 《선구자의 말》이란 책을 뽑아 들고 물었다.

"가르치는 데 참고하는 것은 아니요, 그저 내가 보는 것이오."

"그저 보다니? 목적이 없이 본단 말이오?"

"반드시 목적이 있어야만 봅니까? 경관도 경찰 이외의 책을 보는 것과 마찬가지로 나도 교재 이외의 것으로 보는 것이지요."

"그런 말이 어디 있나? 우리가 다른 책을 보는 것은 소설이나 역사 같은 책을 취미로 보는 것이지만 이런 것이 어디 취미란 말이여?"

"사람 따라 취미도 다르지요. 나는 그저 취미로 보는 데 불과하오."

"알았다!"

그는 이전에 다른 사람이 와서 묻던 것보다 더 깐깐하게 내 원적과 이력을 캐고는 결국 《선구자의 말》 이외에도 세 책이나 새끼로 묶어 들고 갔다.

그 이튿날 호출장이 왔다. 아침 10시에 출두하라 하여 나는 새벽밥을 지어먹고 시간을 내었다

부장은 대뜸 이렇게 물었다.

"수신 시간 있지?"

"있소."

"국어로 하나? 조선말로 하나?"

"학생들의 국어 정도가 유치하여 조선말로 하오."

"유치하니까 자꾸 국어로 해서 국어 사용 습관을 길러줘 야지, 네가 국어를 잘 못하니까 국어로 못 가르치는 것이 아 니냐?"

"썩 잘은 못 해도 아이들에게 수신책을 설명할 정도는 되오."

"그래……."

그는 잠깐 생각하더니, 하인을 시켜 자기 딸애 형제와 또 이 웃집 애들까지 다섯 아이를 불러왔다. 그리고 나더러 학교에 서 가르치듯 이 애들을 상급반 학생들로 가정하고 수신을 가 르쳐보이라는 것이었다.

물론 이것은 견딜 수 없는 모욕이었다. 그러나 나는 요행으로 얻은 내 낙원을 잃지 않으려 혀를 깨물고 공손히 말했다.

"이것은 나를 모욕하는 것 같소. 내가 당신한테 교사 시험을 치러야 하오?" 하니 그는 대답이 없었다. 한참 만에 아이들을 나가라 하고 딴 이야기를 꺼냈다.

"너는 선생 노릇으로 온 것이 아니라 어떤 비밀한 계획을 실행하러 왔지?"

"아니오, 나는 아무런 비밀한 계획이 없소, 무엇을 보고 그렇게 생각하오?"

"비밀한 계획이 없다? 그러면 왜 백성이 경관을 우대하는 미풍을 없애버리느냐 말이야 응?"

"나는 그런 일을 한 적이 없소."

"없어? 바로 저기 앉은 저이가 김 동장네 집에 갔을 때 김 동장이 술을 사다 대접했다고 벌금을 받았지?"

"내가 받은 것도 아니거니와 그것은 동회에서 작정하고 제사에까지도 술은 금해서 술을 사거나 먹는 사람에겐 그렇게 벌금을 받는 규칙이오. 내가 한 것이 아니오."

"말 마라. 네가 오기 전에 그런 일이 없었다. 네가 모두 시켜서 하는 것인 줄 우리가 다 알고 있다. 너는 상식이 없는 사람이야. 술이란 것은 정부에서 공공연하게 허가해서 제조 판매하는 음식물이 아니냐. 손님이 와서 음식물을 대접하였는데 벌금을 받는다? 그러면 음식을 못 하게 하는 음모가 아니냐?"

"아무튼 그 점은 나에게 질문하실 바 아니오. 내가 그 동회의 회장도 아니요, 나는 다만 그 동리에 있는 한 청년의 자격으로 보통 회원이 된 것뿐이오."

"옳지, 네가 무슨 임원이 안 되고 보통 회원의 자격만 가지는 것부터 너의 음모란 말이야. 조종은 네가 하고 책임은 선량한 시골 청년들에게 씌운단 말이지……."

그는 조서를 꾸미는 것처럼 무엇을 적는 체도 하였다. 그러다가 그는 안색을 고치더니 이런 말을 했다.

"강 선생? 우리네 생활을 어떻게 생각하시오?"

"훌륭한 줄 아오."

"정말이오?"

"그렇소."

"그러면 그까짓 촌에서 쌀 섬이나 받고 지낼 것이 아니라 경관이 되시오, 어떻소?"

"글쎄요, 아직 그런 문제를 생각해본 적은 없소."

"그러면 가서 생각해보시오. 나는 이렇게 촌 주재소에 와 있지만 은급이 두 가지요. 시험 같은 것은 내가 잘 통과되게 할 수단이 있소. 가서 잘 생각해보시오. 그리고 대답하도록 이 책들은 여기 두시오."

나는

"그렇게 생각해주니 고맙소"

하고 나오는 수밖에 없었다.


그러나 너무 심하지 않은가, 고지식하게 나의 대답을 기다
렸다는 것은, 더구나 2주일 후에 위정 그 때문에 순사를 보내
어 대답을 독촉하는 것은! 나는,

"그럴 생각이 없소"

하고 대답을 해 보냈더니 그는 노발대발한 모양이었다. 그 후
이내 P촌 구장이 불려갔다. 그네들은 갔다 와서 모두 나더러
머리를 깎아버리라고 권하였다. 그리고 그에게 가서 덮어놓고
사과하라고 권하였다.

나는 그네들의 괴로운 입장을 알았다. 그리고 형식으로 하
는 일이면 무엇이고 달게 받으려 하였다. 긴 머리를 가진 청년
이 주의자가 틀리지 않다는 소장의 의혹을 풀어주기 위해 나
는 머리를 덧빗도 대지 않고 빡빡 밀어깎았다. 그러나 덮어놓
고 사과를 하라는 것은 어려운 일이었다. 나의 자존심에서가
아니라 무엇을 잘못했다고 사과할 것인지 알 수 없기 때문이
다. 이것은 사과를 권하는 교장이나 구장도 알지 못하는 점이
다.

아무튼 그 후 공일날을 타서 그에게로 갔다. 그리고 "당신
이 나를 여러 가지로 오해하는 것 같으나 사실인즉 그렇지 않

다"는 것을 말해보았다. 그러나 그는 이미 자기의 복안을 결정한 듯 비웃을 뿐만 아니라 이런 소리를 하는 데는 나는 견딜 수 없었다.

"남을 가르치는 사람은 비겁하여서는 못 쓴다. 네가 머리까지 빡빡 깎고 와서 나에게 하는 태도가 얼마나 비겁하냐?"

나는 문을 꽉 닫고 나오고 말았다.

여름방학 때였다. 나는 방학 동안에도 P촌을 떠나지 않았다. 더구나 교장이 정 갓난이와 나의 사이를 짐작하고 즐기어 문제를 표면화시켜 주었다. 정 갓난이 집에서는 엄청나게 귀한 사위나 얻은 것처럼 황송해서 나의 눈치만 기다렸다.

한번은 비오는 날, 갓난이 아버지와 동생은 벌에 나가고 없는 사이 갓난이 어머니가 닭을 잡고 나를 청했다. 그리고 갓난이와 나를 한 방에서 먹게 하고 자기도 이내 어디로 나가버려 조용히 이야기할 기회도 주었다.

나는 그 날 정 갓난이의 그 불덩이같이 달아오른 볼 가까이 가서 분명히 그의 귀에 속삭이었다. "가을에 쌀을 받는 대로 우리 잔치합시다"라고.

나는 그 날처럼 아름다운 행복을 내 손에 붙들어본 적은 없었다.

그 후 얼마 안 되어서다. 어떻게 소문이 퍼지었던지 주재소

에서 오라고 해 갔더니 소장이 나의 큰 약점이나 붙잡은 듯이 발을 구르며 신문하기를

"왜 시골 어진 부녀자를 농락하느냐?"

하는 것이었다. 나는 3시간 동안이나 힐난을 받았다. 정 갓난이와 정식 중매인 것을 증인으로 교장과 구장을 불러대기로 하고 겨우 놓여 나오니 공교롭게 비가 무섭게 쏟아지기 시작하였다. 할 수 없이 그 자리에서 자는데 산골 물이라 하룻밤 쏟아진 것이 이 거리를 둘러막은 봇둑이 위험하게 되었다. 그래서 날도 밝기 전인데 이 거리에선 소동이 일어났다.

나도 주인집에서 헌옷을 얻어 입고 봇둑으로 나가 여러 사람들과 같이 응급 공사를 했다. 두어 시간이나 물 속에서 떨다가 돌아와 옷을 갈아입고 거리로 나섰을 때다. 그때,

"어이!"

하고 노기 등등하여 부르는 소리가 났다. 소장이 다른 두 순사와 긴 장화를 신고 날도 다 밝았는데 등을 들고 헐떡거리고 지금 물로 나가는 길이었다. 그는 다시 나에게 소리 질렀다.

"너는 교사가 아니냐? 교사가 되어가지고 왜 공익을 모르느냐, 지금 이 동리가 위험한 상태에 있는데 너는 네 동리가 아니라고 그렇게 가만히 뻗치고 섰느냐. 못된 놈이다!"

나는 하도 어이가 없었다. 웃고 말았을 것이나 "못된 놈이다!"라고 평소에 품었던 미움으로 여러 사람이 보는 데서 욕

을 보이는 것은 결딜 수가 없었다. 나도 버럭 소리를 질렀다.

"무에라고? 그 말은 내가 그대에게 할 말이다. 그대는 이 동리를 경비하는 책임자가 아니냐. 누구보다도 제일 먼저 이 동리의 안위를 알고 있어야 할 그대가 남이 벌써 나가서 2, 3시간 동안이나 다 막아놓고 온 때에 이제 일어나 나오며 누구를 보고 공익을 모른다고? 누가 그 욕을 먹어야 할 사람이냐?"

그는 자기가 늦은 것을 비로소 알고 얼굴이 붉으락 붉으락했을 뿐, 말이 궁하여,

"지금은 바쁘니 이따 보자"

하고는 달아났다. 그는 아마 그 거리에 와서 이와 같이 여러 사람 앞에서 말이 막혀보기는 처음이었을 것이다. 따라서 그의 하늘 같은 자존심은 길바닥에 깔린 것 같은 모욕감과 앙심을 품었을 것은 물론이라, 나는 그가 "있다 보자" 하였으나 P촌으로 돌아오고 말았다.


한 사나흘 후다. 교장이 또 불려갔다 왔다. 교장의 말을 들으면 "학교에 그와 같은 사람을 두면 2학기부터는 군 학무계에 말하여 강습 허가를 철회하겠다"는 것이었다.

교장이 다시 가고, 학부형 대표가 가고, 구장이 가고 하여 진정 애원하였으나 막무가내였다.

이리하여 나는 표연히 P촌을 떠나고 만 것이다.

P촌을 떠날 때, 동리는 온통 나를 보내는 것을 섭섭해했다. 학생들과 청년들은 20리 밖에까지 따라나왔다. 이집 저집 수근거리고 부녀자들도 거적문 틈으로 울 너머로 내다보는 것이었다. 어디서든지 정 갓난이도 내다보았을 것이다. 그리고 울었을 것이다.

나는 정 갓난이를 잊지 못한다. 그러나 그에게 나를 단념하라고 이르고 온 것이다. 왜? 나는 P촌과 같은 낙원을 잃어버린 이상, 내 한 입도 건사하기 어려운 경제적으로 철저한 무능자인 조선 청년의 하나인 것을 깨닫기 때문이었다.

(1932년 7월)

# 색시

지금 생각하니 우리는 1년이나 같이 있던 사람의 성도 이름도 모르고 말았다. 마구 나선 사람이 아닌데다 나이도 아직 젊어서 '어멈'이니 '식모'니 부르기엔 좀 야박스러웠다. 아내가 먼저 '색시'라 하였고 나중엔 아이들까지 '아주머니'라 하래도 '색시 색시'하였다. 나도 맞대고

"물 줘"

라거나

"상 가져가우"

할 때는 아무런 대명사도 쓰지 않았지만 남에게 그를 말할 때는 역시 "색시가 어쩌고……" 하였다.

그는 그렇게 '색시'로서 피차에 아무런 불편도 없는 듯 그의 성이 무엇인지 이름이 무엇인지는 갈 때까지 드러나지 않고 말았다.

색시가 우리 집에 오기는 작년 늦은 봄이었다. 내가 저녁때

집에 들어서니까 웬 보이지 않던 아낙네가 마당에 풍로를 내다놓고 얼굴이 이글이글해서 불을 불고 있었다. 그 연기가 가지 모종 낸 한련 밭에 서리는 것을 보고 나는 마침 사랑으로 나오는 아내더러

"거 누구유? 누군데 하필 화초 밭에다 대고 연길 불어?"

물었다.

"저어……"

하다가 아내는 내 말의 퉁명스러운 뜻을 알았던지 다시 안마당으로 올라가

"색시, 거기 화초 밭 아니오? 연길 글루 불지 말고 저쪽으로 불문 좋지……"

하였다. 그러니까

"아유! 그까짓 한련인데 뭘 그렇게 위하시나요? 에그머니나……"

하고 그는 일어서는데 목소리뿐만 아니라 키와 허우대가 안사람치고는 엄청나게 우람스러웠다.

그런데 그의 대답이 그렇게 호들갑스러운 데다 이내 킬킬킬 웃어 그런지, 나는 그것을 더 탓할 나위도 없었거니와 "웬만해선 성은 잘 내지 않겠군" 하는 인상을 그에게 가졌다.

남을 두어 보면 제일 성가신 것이 삐쭉삐쭉해서 성 잘 내는 것이었다. 숟가락 하나를 다시 씻어 오래도 이내 얼굴빛이

달라지고 한 번 다시 데워 오래도 부젓가락 내던지는 소리가
이내 부엌에서 나오는 그런 신경질인 식모에게 진절머리가 나
서 일은 차라리 칠칠치 못하더라도 이번엔 제발 우리가 눈치
보지 않고 부릴 수 있는 사람을 바라던 터라 아내는 물론이
오, 나도 속으로는 처음부터 탐탐해했다. 그런데 그때 아내의
말이

"좀 너무 젊지? 과부라는구려, 저 나이에……"
하는 소리를 듣고는 그의 불행도 불행이려니와 그런, 속에 슬
픔이 있는 사람을 한 식구로 둔다는 것은 그리 유쾌하지는 못
하였다.

"그런데 어디 사람인데 우리 집을 알고 왔수?"

"저 돈암리서 더 가면 두네미라고 있대나, 거기가 친정 집인
데 왜 접때 와 비누질하던 늙은이 있지? 그 늙은이 조카래."

"웅! 그런데?"

"그런데 참한 데만 있으면 귀가할 작정인데 어디 그렇게 쉬
워? 친정은 넉넉지도 못하고 그래 바람도 쐴 겸 홧김에 저희
아주머니한테 우리 집 얘길 듣고 왔다는구랴."

"거 잘 됐수."

"그런데 우스워 죽겠어."

"왜?"

"아까도 괜히 킬킬거리지 않습디까? 여간 잘 웃지 않아."

"웃는 집에 복이 온다는데 거 잘 됐수"

하고 우리도 웃었다.

"그래도 글쎄, 청춘에 과부가 돼서, 생각하면 좀 기맥힐 테죠? 그런데 얼굴에선 어디 근심 있는 사람 같아? 괜히 킬킬대고 웃는 게."

"여태 철이 덜 나 그렇겠지."

나는 그가 철 없어 그렇거니 여겼다.


아무튼 색시는 웃기를 좋아하였다. 그가 와서부터는 조용하던 안에서 가끔 웃음판이 벌어졌다. 가끔 아내가 허리를 가누지 못하고 뛰어나와 이야기하는 것을 들으면

"글쎄 색시가 즈이 시에미 됐던 늙은이 흉낼 내는데……."

어떤 때는

"저번에 석쇠 팔러 왔던 청인 흉낼 내서……."

또 어떤 때는

"무당 흉낼……"

하고 번번이 흉내를 잘 내어 웃기는 것이라 했다. 남을 잘 웃길 뿐 아니라 남을 웃겨놓고는 자기도 그 서슬에 한바탕 숨이 막히도록 웃어대는 것인데 그렇게 하루 한두 차례씩 웃는 일이 없어야 속이 답답해 어떻게 사느냐는 것이었다.

제 속에 불덩이가 있는 사람이라 그렇게 웃고 지내려는 것

이 자기를 위해서도 좋겠지만 따라 웃는 사람들도 해로울 것은 없었다. 다만 일에 거친 것이 있어 갈수록 탈이었다.

그는 무엇이든지 가만히 놓는 일이 없었다. 부엌에서 그릇 잘 깨뜨리는 것은 말만 들었지만 세숫대야 같은 것도 허리를 굽히고 놓는 일이 별로 없었다. 뻣뻣이 선 채 내던지기가 일쑤여서 사기가 튀고 우그러들게 하는 것은 나도 여러 번 보았다. 아내가 왜 그렇게 선머슴처럼 구느냐고 그러면

"화가 치미는 걸 어떻게 해요"

하는 것이 제일 잘 하는 대답이었다.

그는 다른 경우에서도 그 '그까짓 걸'이란 말을 많이 썼다. 그에게는 아까운 게 없는 것 같았다. 밥도 시키는 대로 하기를 싫어하였다. 공연히 한 사람쯤은 더 먹을 것을 지어가지고 이 그릇에 비우고 저 그릇에 굴러다가 쉬면 내다 버리기를 좋아하였고 나무도 아궁이 미어지게 처넣고야 그칠 줄을 알았다.

모든 게 그의 손에선 불처럼 헤펐다. 내가 알기에도 기름이 떨어졌느니 초가 떨어졌느니 하고 아내가 사다 달라는 부탁이 다른 식모 때보다 갑절이나 잦았다. 아내가 아무리 잔소리를 해도 기름병이나 촛병을 막아놓고 쓰는 일이 없다 한다.

"뭐가 힘들어 그걸 못 막아?"

하면

"쓰려고 할 때 마개 막힌 것처럼 답답한 일이 세상에 어디

있어요"

하고 남이 막아놓는 것까지 화를 내는 성미였다. 하 어떤 때
는 성이 가시어 아내가

"그러고 어떻게 시집살일 했수?"

하면

"그래도 시아범 힘든 일 잘해낸다고 칭찬만 했는데요"

하고 킬킬거렸고

"그건 그런 힘든 일을 며느리한테 시키는 집이니까 그렇지
이제 자기가 사는 집으루 가도?"

하면,

"이제 내 살림이면 나도 잘 하고 싶답니다"

하는 뱃심이었다.

　그는 별로 죽은 남편에 대해서는 말이 없었고 조용히 앉기
만 하면 다시 시집 갈 궁리였다. 월급이라고 몇 원 받으면 그
날 저녁엔 해도 지기 전에 저녁을 해치우고 문안으로 들어가
서 분이니 크림이니 하는 화장품만 쓸데없이 여러 가지를 사
들이었고 우리가 무슨 접시나 찻잔 같은 것을 사오면 이건 얼
만가요 하고 가운데 가서 덤비다가 으레

"나도 이제 살림하면 저런 거 사와야지…… 화신상회랬죠?"

하고 벼르는 것이었다. 벼를 뿐 아니라 전기 다리미만은 하도
신기했던지 두번째 월급을 받아서는 그것부터 하나 사다 가

졌다.

"색시 어떤 사람한테 가길 소원이오?"

하고 아내가 한 번 물어보니

"인물 잘나고 먹을 거나 있으면 되죠 뭐…… 사내가 좀 시원 시원하고……"

하다가 마침 웬 중학생 한 패가 하모니카를 불면서 우리 집 앞을 지나가는 것을 보더니

"참 전요, 저 하모니카 잘 부는 사람이 좋아요"

하고 킬킬거리고 또 한바탕 웃었다. 하모니카를 불되 한 옆으로 뿡빠뿡빠 하고 군소리를 내어가면서 이를테면 베이스를 넣어가면서 불어야 하고 모자는 '캡'이라고 이름은 모르되 형용을 가리키며 그것을 비뚜름히 쓰는 청년이 자기 마음에 드는 사람이라고 그 뒤에 다시 한 번 이야기한 일도 있다.

그가 우리 집에 살기 두어 달 되어서다. 삼복 지경인데 어디 나갔다 들어오니 아내가 아기를 보고 아기 보는 아이가 저녁을 짓고 있었다.

"왜 색신 어디 갔소?"

물으니

"신랑 선 보러 갔다우…… 저희 큰어머니래나 늙은이가 와서 청량리 어딧사람인데 죽은 후처라고 서로 보고 합당하면 한다고 데려갔다우"

하고 아내가 말하였다.

"만일 안 되면?"

"제 맘에 안 맞으면 오늘 밤으로라도 이내 온댔어."

우리는 갑자기 식모가 없어져 일시 불편하기는 하나 색시가 다시 돌아오기보다는 좋은 사람을 만나 아주 주저앉기를 바랄 뿐이었다.

그러나 색시는 이튿날 아침 아직 조반도 먹기 전인데 문 밖에서부터 킬킬거리면서 다시 우리 집에 나타났다.

"저런! 왜? 합당치가 않습니까?"

아내가 물으니 대답도 없이 그냥 킬킬거리기만 하면서 안으로 뛰어들어갔다. 나중에 아내에게 들으니 사내라는 게 나이도 사십이 넘었거니와 눈이 바늘로 꼭 찔러놓은 것처럼 답답스러웠고 전실 자식이 셋이나 되고 살림이라곤 부엌을 들여다보니 놋그릇 하나 눈에 뜨이지 않으며 말인즉 금붙이라고 해서 처음엔 정말 금비녀인가보다 했으나 나중에 그 집안 꼴을 보고는 믿어지지가 않아 허리로 뚝 꺾어보니 속이 멀쩡한 백통이라 그 사내 면전에다 집어 내동댕이를 치고 달려 와 저희 집에서 자고 온다는 것이었다.

그 뒤에도 두 번이나 그 큰어머니라는 노인이 와서

"이번엔 네 맘에도 들라"

하면서 데리고 갔으나 색시는 번번이 그 이튿날 아침이면 킬킬거리고 다시 나타나곤 하였다.

우리도 나중엔 딱하였다. 시집 갈 데가 있는 사람을 억지로 잡아두는 것은 아니지만 새색시 놀음을 내일 하게 될지 모레 하게 될지 몰라 서면 손을 닥달하고 앉으면 눈썹을 그리고 하는 그를 걸레 만지지 않는다고 잔소리 하는 우리가 극성스러워 보였고, 왜 선머슴처럼 덤벙거리다 일을 거스르냐고 탄식하는 우리만 심한 주인이 되는 것 같았다. 더구나 날이 갈수록 자기에게 직접 권한자인 내 아내에게서 벗어나기 시작하였다. 무어든지 물어보고 하기를 싫어하였다. 두부 장사가

"두부 드릴까요?"

하여도 주인된 사람에게 물어보는 것이 온당하련만 제 마음대로

"오늘은 한 모 줘"

"오늘은 그만 줘"

하는 것이었다. 게다가 내가 없는 때 혹 손님이 찾아 오더라도 내 아내에게 전갈하는 것이 아니라 자기가 내 아내처럼 척 나서서 이러니 저러니 하고 쓸데없는 대꾸를 하다가 나중엔 이름도 묻지 않고 보내기가 일쑤였다. 이런 것이 다 아내의 비위를 건드린데다 한 번은 이런 일이 있었다.

늘 그가 하는 말이

"한 번 낮에 문안 좀 들어 갔으면…… 찾아볼 집이 있는데……"

하였다. 그래 하루는 날도 좋고 조반도 일찍 해 먹은 날이어서 마음놓고 나가 그 찾아봐야 할 집을 찾아보고 오라 하였다. 아내의 '파라솔'을 빌려달래서 '파라솔'까지 빌려주고 월급에서 얼마를 먼저 달래서 그것도 달라는 대로 먼저 주었는데 이 색시만이 없어진 것이 아니라 아기 보는 아이도 갓난이를 업은 채 어디로 갔는지 보이지 않았다.

색시가 데리고 나갔으려니는 생각되지 않는 일이어서 우리는 산으로 개천으로 평생 가보지 않던 집집으로 종일 찾아다니었다. 그러나 우리는 찾아내지 못하고 있는데 나중에 나타나는 것을 보니 문 안에 들어갔던 색시가 앞세우고 오는 것이었다.

갓난이는 어느 틈에 뒤져냈는지 새 양복을 입히고 아기 보는 아이는 저고리만 갈아입혀서 제가 낳은 아기를 저희 집 아기 보는 아이에게 입혀가지고 다니듯, 타박타박 앞세우고 갔다오는 것이었다.

"아니 걔들은 왜 모두 끌고 갔다 와?"

"……"

색시는 저도 어이 없는 듯 웃는 것을 그쳤으나 무어라고 이유를 설명하지 않았다. 아내는 애꿎은 아기 보는 아이만 나무라고 말았으나 저녁이 되니 갓난이가 기침을 하고 몸이 달기 시작하였다. 나도 성이 났지만 아내는 나보다 더할 수밖에 없었다.

안으로 들어가더니 한참이나 음성을 높여 언짢은 소리를 퍼붓고 나왔고 나와서는 내일 아침엔 다시 식모 없이 살더라도 저희 집으로 보내버릴 작정이었다.

그러나 그 이튿날 아침에 우리는 색시를 보고 가라는 말이 나올 수 없었다. 그는 두 눈이 모두 새빨갛게 충혈이 되었고 눈시울은 온통 벌에 쏘인 것처럼 부어 있었다. 같이 잔 아기 보는 아이에게 물어보니 초저녁부터 아침까지 제가 잠이 깰 때마다 옷도 풀지 않고 앉아서 울더라는 것이었다.

우리는 그 말을 듣고 남에게 너무 심하게 했나보다 하고 가라는 말은커녕 그의 눈치만 보고 며칠을 지내다가 그의 마음이 아주 풀린 뒤에 아내가 그까짓 일에 밤을 새울 것이 무엇이냐고 물었다 한다. 그랬더니 색시는 오래간만에 킬킬거리고 한바탕 웃고 나서

"내가 과분 줄 아세요? 정말?"

하고 이야기하기를, 자기 남편되었던 사람은 지금 눈이 시퍼렇게 살아서 어느 은행에 급사로 다닌다는 것, 저희 내외간에는 의가 그리 나쁘지 않은 것을 시어미가 이간질을 붙여 못 살고 나왔다는 것, 그새 그 녀석이 장가를 들었는지도 공연히 궁

금하고 또 들었다면 어떤 년인지 그년이 자기만한가 못한가도 알고 싶고 그리고 이왕 그놈의 집에 자기의 얼굴을 비칠 바엔 거짓말로라도 자기는 그새 네까짓 놈의 집보다 몇 갑절 훌륭한 데로 시집을 가서 이렇게 아기를 낳고 아기 보는 아이까지 두고 깨가 쏟아지게 산다는 의기를 보여주고 싶어서 우리 갓난이를 제 아이처럼 아기 보는 아이에게 척 업혀가지고 갔더라는 것이었다.

아내는 그 말을 듣고 그의 면전에선 웃고 말았으나 그런 사정인 줄은 모르고 몹시 나무랐던 것을 뼈 아프게 후회하였다. 그리고 이제부터는 동생처럼 타일러서 그의 결점을 고쳐주고 상당한 자리만 있으면 우리라도 중매를 넣어줄 작정이었다.

그러나 색시는 당사자가 되어 그런지 워낙 성질이 괄괄해 그런지 제삼자인 우리가 보기에는 너무나 침착하지 못하였다.

아직 보이지도 않는 행복을 부득부득 가지려 덤비었다. 개울 건너 우리 집과 마주 보이는 집에 전문학교 학생 둘이 주인을 정하고 왔다. 그들은 아침이면 이를 닦으며 저녁이면 담배를 피우며 가끔 우리 마당을 건너다보았다. 그들은 마주 뵈니까 무심코 건너다보는 것이되 이쪽의 우리 집 색시는 첫번부터 그들에게 과민하였다.

아침 저녁으로 분 세수를 하고 틈틈이 무색 옷을 내어 입고 그들이 학교에서 돌아올 시간쯤 되면 으레 머리를 고쳐 빗고 그러고는 그들이 눈에 뜨이면 무슨 일이든지 하다 말고 내던지었다. 마당을 쓸다 그들이 보이면 비를 놓아버렸고 물을 길러 가다 그들이 보이면 길바닥에 물동이를 놓고 와서는 아기 보는 아이더러 아기는 자기가 안을 터이니 대신 가서 물을 길어오라 하였다.

아무리 동정을 하려 해도 너무 밉살스러웠다. 그런데다가 우물에 가서 그 집 식모를 만나면 그 키 큰 학생은 성질이 어떠냐…… 키 작은 학생은 성질이 어떠냐…… 누가 더 부자냐 장가들을 갔는지 안 갔는지 아느냐, 별별 어림도 없는 것을 다 캐물어서 나중엔 별별 구설이 다 우리 집으로 모여들었다. 그러나 그를 집에서 나가달라고는 얼른 할 수가 없었다.

올라갈 나무든지 못 올라갈 나무든지 간에 유일한 희망이 건넛집 마당의 두 전문학교 학생인데 그들을 마주 바라볼 수 있는 유일한 전망대인 우리 집 마당에서 그를 떠나달라는 것은 그의 유일한 희망을 빼앗는 것이 되기 때문이었다.

그러나 그에게 올 냉정한 운명은 냉정한 채로 와버리고 말았다. 하루는 일요일인데 점심때 좀 지나서 웬 말쑥한 두 여학생이 건넛집 마당에 나타났다.

그 두 남자 전문학교 학생과 하나씩 짝을 지어 희희낙락하게 놀았다. 풀밭에 둘씩 머리를 모으고 소근소근 앉았기도 했고 갑자기 뛰어 일어나 손뼉을 치며 흐하하거리기도 했다.

동네 사람이 다 보이게 미륵당 길에서 산보도 하고 저녁까지 한데서 먹은 듯 밤에도 꽤 늦도록 그들의 웃음 소리가 우리 마당으로 풍겨왔다.

이 날 우리 집 색시의 정신은 어디 가 있는지 알 수 없었다. 부엌에 들어가면 부엌에서 뎅그렁 하고 무엇이 깨졌고 장독대로 가면 장독대에서 철그렁 하고 무엇이 금 가는 소리가 났다. 호하하하고 건넌 마당에서 그 여학생들의 웃음 소리가 건너올 때마다 색시는 자기가 잘 웃던 것은 잊어버린 듯

"경칠 년, 허파 줄이 끊어졌나, 경칠 년들……"

하였다.

다음 공일날 건넛집 마당에는 또 그 두 여학생이 나타났다. 우리 집 색시는 이 날도 무얼 하나 깨뜨렸다 한다. 그리고

"경칠 년들, 허파 줄이 끊어졌나, 경칠 년들……."

소리를 종일 중얼거렸고 다시 그 다음 공일이 오기 전에 그 전기 다리미가 제일 무거운 것인 보따리를 꾸려 이고 그만 두네미라는 저희 집으로 가버리고 말았다.


그 뒤 우리는 그녀의 소식을 모른다. 어디 가서든지 자리잡고 살게 되면 잊지 않고 편지하겠노라고 번지까지 적어넣고 가더니 벌써 반 년이 되어도 소식이 없다.

어서 그 전기 다리미에 녹이 슬기 전에 그 캡을 비뚜름이

쓸 줄 알고 '하모니카'도 베이스를 넣어 불 줄 아는 그런 신랑
을 만나야 할 터인데…….

(1935년 11월)

# 가마귀

"호오."

새로 사온 것이라 등피에서는 아직 석유 내도 나지 않는다. 닦을 것도 별로 없지만 전에 하던 버릇으로 그렇게 입김부터 불어가지고 어스레해진 하늘에 비춰 보았다. 등피는 과민하게도 대뜸 뽀얗게 흐려지고 만다.

"날이 꽤 차졌군……."

그는 등피를 닦으면서 아직 눈에 익지 않은 정원을 둘러보았다. 이끼 앉은 돌 층계 밑에는 발이 묻히게 낙엽이 쌓여 있고 삼나무, 전나무 같은 상록수를 빼놓고는 단풍나무까지 이미 반 남아 어울어, 어떤 나무는 잎이 하나도 없이 선명하게 서 있다. '무장 해제를 당한 포로들처럼' 하는 생각을 하면서 그런 쓸쓸한 나무들이 이 구석 저 구석에 묵묵히 섰는 것을 그는 등피를 다 닦고도 다시 한참이나 바라보다가 자기 방으로 정한 바깥채 작은사랑으로 올라갔다.

여기는 그의 어느 친구네 별장이다. 늘 괴벽한 문체를 고집하여 독자를 널리 갖지 못하는 그는 한 달에 20원 남짓하면 독방을 차지할 수 있는 학생층의 하숙 생활조차 뜻대로 되지 않았다. 궁여의 일책으로 이렇게 임시로나마 겨우내 그냥 비워두는 친구네 별장 방 하나를 빌린 것이다. 내년 7월까지는 어느 방이든지 마음대로 쓰라고 해서 정자지기가 방마다 문을 열어보이는 대로 구경하였으나 모두 여름에나 좋을 북향들이라 너무 음습하고 너무 넓고 문들이 많아서 결국은 바깥채로 나와, 상노들이나 자는 방이라는 작은사랑을 치우게 한 것이다.

상노들이나 자는 방이라 하나 별장 전체를 그리 손색 있게 하는 방은 아니었다. 동향이어서 여름에는 늦잠을 자지 못할 것이 흠일까, 겨울에는 어느 방보다 밝고 따뜻할 수 있고 미닫이와 들창도 다갑장치까지 들인데다 벽장 문과 두껍닫이에는 유명한 화가인지 아닌지는 몰라도 낙관落款이 있는 사군자四君子며 기명 절지器皿折枝가 붙어 있다. 밖으로도 문 위에는 추성각秋聲閣이라 추사秋史체의 현판이 걸려 있고 양쪽 처마 끝에는 파아랗게 녹슨 풍경이 창연히 달려 있다. 또 미닫이를 열면 눈 아래 깔리는 경치로 큰사랑만 못한 것 같지 않으니 산기슭에 나부시 섰는 수각水閣과, 그 밑으로 마른 연 잎과 단풍이 잠긴 연당이며, 그리고 그 연당 언덕으로 올라오면

서 무릉석으로 석가산을 모으고 잔디밭 새에 길을 돌린 것은 이 방에서 내려다보기가 그중일 듯싶었다. 그런데다 눈을 번뜩 들면 동편 하늘이 바다처럼 트이고 그 한편으로 훤칠한 늙은 전나무 한 그루가 절벽같이 가려섰는 것이다. 사슴의 뿔처럼 썩정이가 된 윗가지에는 희끗희끗 새똥까지 묻히어서 고요히 바라보면 한눈에 태고太古가 깃들이는 듯한 그윽한 경지다.

오래간만에 켜보는 남폿불이다. 펄럭 하고 성냥불이 심지에 옮겨지더니 좁은 등피 속은 자욱하게 연기와 김이 서리었다가 차츰차츰 밝아지는 것이었다. 그렇게 차츰차츰 밝아지는 남폿불에 삥 둘러앉았던 옛날 집안 사람들의 얼굴이 생각나게, 그렇게 남폿불은 추억 많은 불이다.

그는 누워 너무나 고요함에 귀를 빼앗기면서 옛 사람들의 얼굴을 그려보다가 너무나 가까운 데서 까악! 까악! 하는 가마귀 소리에 얼른 일어나 문을 열었다. 바깥은 아직 아주 어둡지 않았다. 또 까악! 까악! 하는 소리에 쳐다보니 지나가면서 우는 소리가 아니라 바로 그 전나무 썩정 가지에 시커먼 세 마리가 웅크리고 앉아 그러는 것이었다.

"가마귀!"

까치나 비둘기를 본 것만은 못 하였다. 그러나 자연이 준 그의 검음과 그 탁한 음성을 까닭없이 저주할 필요는 느끼지 않았다. 마침 정자지기가 올라와서

"아, 진지는 어떡하십니까?"

하는 말에 우유 하고 빵이나 먹고 밥 생각이 나면 문안 들어가 사먹는다고 그래도 자기는 괜찮다고 어름어름하고 말 막으며,

"웬 가마귀들이?"

하고 물었다.

"네, 이 동네 많습니다. 저 나무에 늘 와 사는 걸입죠."

"그래요? 그럼 내 친구가 되겠군……"

하고 그는 웃었다.

"요 아래 돼지 기르는 데가 있습죠. 거기 밥찌끼 같은 게 흔하니까, 그래 가마귀가 떠나질 않습니다"

하면서 정자지기는 한 걸음 나서 풀매 치는 형용을 하니 가마귀들은 주춤하고 날 듯한 자세를 가지다가 아래를 보더니 도로 앉아서 이번에는 "까르르……" 하고 GA 아래 R이 한 없이 붙은 발음을 하는 것이다.

정자지기가 내려간 후 그는 다시 호젓하니 문을 닫고 아까와 같이 아무렇게나 다리를 뻗고 누워버렸다.

배가 고팠다. 그는 또 그 어느 학자의 수면 습관설睡眠習慣說이 생각났다. 사람이 밤새도록 그 여러 시간을 자는 것은 불을 발명하기 전에 할 일 없이 자기만 한 것이 습관으로 전해진 것 뿐이요, 꼭 그렇게 여러 시간을 자야만 될 이유는 없

다는 것이다. 그는 이 수면 습관설에 관련하여 식욕이란 것
도 그런 것으로 믿어보고 싶었다. 사람은 하루 꼭꼭 세 번씩
으레 먹어야 될 것처럼 충실히 먹는 것이나 이것도 그렇게 많
이 먹어야만 되게 되어서가 아니라, 애초에는 수효 적은 사람
들이 넓은 자연 속에서 먹을 것이 쉽사리 손에 들어오니까 먹
기만 하던 것이 습관으로 전해진 것뿐이요, 꼭 그렇게 세 끼씩
이나 계획적으로 먹어야만 될 이유는 없을 것 같았다. 그런데
사람이 잠을 자기 위해서는 그처럼 큰 부담이 있는 것은 아니
다. 먹기 위해서는, 하루 세 번씩 먹는 그 습관을 지키기 위해
서는 얼마나 큰, 얼마나 무거운 부담이 있는 것인가. 그러기에
살려고 먹는 것이 아니라 먹으려고 산다는 말까지 생긴 것이
아닌가 생각되었다.

'먹으려고 산다! 평생을 먹으려고만 눈이 빨개 허둥거리다
죽어? 그건 실로 사람의 모욕이다.'

그는 쓴웃음을 지으며 지금 자기의 속이 쓰려 올라 오는 것
과 입 속이 빡빡해지며 눈에는 자꾸 기름진 식탁이 나타나는
것을 한낱 무가치한 습관의 발작으로만 돌려버리려 노력해보
는 것이다.

'어디선지, 루날은 예술가는 빵 한 조각보다 꽃 한 송이를
꺾는다고, 그러나 배가 고프면? 하고 제가 묻고는 그러면 그는
괴로워하고 훔치고 혹은 사람을 죽일지도 모른다. 그렇더라도

글 쓰기를 버리지는 않을 거라고 했다. 난 배가 고파할 줄 아는 그 얄미운 습관부터 아애 망각시켜보리라. 잉크는 새것이 한 병 새벽 우물처럼 충충히 담겨 있었다. 원고지도 두툼한 게 여남은쪽 쌓여 있겠다!'

그는 우선 그 문 앞으로 살랑살랑 지나다니면서 "쌀 값은 오르기만 하고…… 석탄도 들여야겠는데……"를 입버릇처럼 하던 주인 마누라의 목소리를 10리나 떨어져서 은은한 풍경소리와 짙은 어둠에 흠뻑 싸인 이 산정 호젓한 방에서, 옛 애인을 만난 듯한 다정스러운 남폿불을 도두고 글만을 생각하는 데 취할 수 있는 것이 갑자기 몸이 비단에 싸이는 듯 살이 찔 듯한 행복이었다.

저녁마다 그는 남포에 새 석유를 붓고 등피를 닦고 그리고 가마귀 소리를 들으면서 어둠을 기다리었다. 방 구석구석에서 밤의 신비가 소곤거려 나올 때 살며시 무릎을 꿇고 귀한 손님의 의관처럼 공손히 남포 갓을 들어올리고 불을 켜는 것이며, 펄럭거리던 물방울이 가만히 자리잡는 것을 보고야 아랫목으로 물러나 그제는 눕든지 앉든지 마음대로 하며 혼자 밤이 깊도록 무얼 읽고, 무얼 생각하고 무얼 쓰고 하는 것이다. 그래서 아침이면 늘 늦도록 자곤 하였다. 어떤 날은 큰사랑 뒤에 있는 우물에 올라가 세수를 하고 나면 산 너머에서 오정 소리가 울려오기도 했다. 그러다가 이 날은 무슨 무서운 꿈을 꾸고 그 서슬에 소스라쳐 깨어보니 밤은 벌써 아니었다. 미닫이에는 전나무 가지가 꿩의 장복처럼 비꼈고 쨍쨍한 햇볕은 쏴아 소리가 날 듯 쪼여 있었다.

어수선한 꿈자리를 떨쳐버리는 홀가분한 기분과 여기 나와서는 처음 일찍 깨어보는 호기심에서 그는 머리를 흔들고 미닫이부터 쫙 밀어놓았다. 문턱을 넘어드는 바깥 공기는 체온에 부딪치는 것이 찬물 같았다. 여윈 손으로 눈을 비비며 얼마나 아름다운 아침일까를 내다보았다. 해는 역광선이어서 부신 눈으로 수각을 더듬고 연당을 더듬고 잔디밭 길을 더듬다가 그 실뱀 같은 잔디밭 길에서다. 그는 문득 어떤 여자의 그림자 하나를 발견한 것이다.

여태 꿈인가 해서 다시금 눈부터 비비었다. 확실히 여자요 또 확실히 고요히 섰으되 산 사람이었다. 그는 너무 넓게 열렸던 문을 당황히 닫아버리고 다시 조금 난 틈으로 내다보았다.

여자는 잊어버린 듯 오래도록 햇볕만 쏘이고 있다가 어디선지 산새 한 마리가 날아와 가까운 나무 가지에 앉은 것을 보더니 그제야 사뿐히 발을 떼어놓았다. 머리는 틀어 올리었고 저고리는 노르스름한 명주 빛인데 고동색 스웨터를, 아이 업듯, 두 소매는 앞으로 늘어뜨리고 등에만 걸치었을 뿐, 꽤 날씬한 허리엔 옥색 치맛자락이 부드러운 물결처럼 가벼운 주름살을 일으키었다. 빨간 단풍잎 하나를 들었을 뿐 고요한 아침

산보인 듯하다.

'누굴까?'

그는 장정裝幀 고운 신간서新刊書에서처럼 호기심이 일어났다. 가까이 축대 아래로 지나가는 것을 보니 새 양봉투 같은 깨끗한 이마에 눈결은 누여 쓴 영국 글씨같이 채근하다. 꼭 다문 입술, 그리고 뾰로통한 콧봉오리는 적지 않은 프라이드가 느껴지는 얼굴이다.

'웬 여잔데?'

이튿날 아침에도 비교적 일찍 잠에서 깨었다. 살며시 연당 쪽을 내다보니 연당 앞에도 잔디밭 길에도 아무도 사람이라고는 보이지 않았다. 왜 그런지 붙들었던 새를 날려보낸 듯 그는 서운하였다.

이 날 오후다. 그는 낙엽을 긁어다가 불을 때고 있었다. 누군지 축대 아래에서 인기척이 났다. 머리를 쓸어넘기며 내려다보니 어제 아침의 그 여자다. 어제 그 옷, 그 모양, 그 고요함으로 약간 발그레해진 얼굴을 쳐들고 사뭇 아는 사람을 보듯 얼굴을 돌리려 하지 않고 걸음을 멈추고 섰는 것이다. 이쪽은 당황하여 다시 머리를 쓸어넘기며 일어섰다.

"× 선생님 아니세요?"

여자가 거의 자신을 가지고 먼저 묻는다.

"네, ×××입니다."

"……."

여자는 먼저 물어놓고 더 말이 없이 귀밑까지 발그레해지
는 얼굴을 푹 수그렸다. 한참이나 아궁이에서 낙엽 타는 소리
뿐이었다.

"절 아십니까?"

"……."

여자는 다시 얼굴을 들 뿐, 말은 없다가 수줍은 웃음을 머
금고 옆에 있는 돌층계를 희뜩희뜩 올라왔다. 이쪽에서는 낙
엽 한 무더기를 또 아궁이에 쓸어넣고 손을 털었다.

"문간에 명함 붙이신 걸로 알았어요."

"네……."

"저도 선생님 독자예요. 꽤 충실한……."

"그러십니까? 부끄럽습니다."

그는 손을 비비며 여자의 눈을 보았다. 잦아들은 가을 호수
와 같이 약간 꺼진 듯한, 피곤한 눈이면서도 겨울 볕 같은 찬
광채가 일어났다.

"손수 불을 때시나요?"

"네."

"전 이 집 정원을 저의 집처럼 날마다 산보 와요, 아침이
면……."

"네! 퍽 넓고 좋은 정원입니다."

"참 좋아요…… 어서 때세요."

"네, 이 동네 계십니까?"

"요 개울 건너예요."

이 날은 더 이야기가 나올 새 없이 부끄러움도 미처 걷지 못하고 여자는 돌아가고 말았다.

그는 한참 뒤에 바깥 한길로 나와 개울 건너를 살펴 보았다. 거기는 기와집 초가집 여러 집이 언덕에 층층으로 놓여 있었다. 어느 것이 그 여자가 들어간 집인지 짐작조차 할 수 없었다.

이 날 저녁에 정자지기를 만나 물었더니

"그 여자 병자올시다"

하였다. 보기에 그리 병색은 아니더라 하니

"뭐 폐병이라나요. 약 먹느라고 여기 나왔는데 숨이 차 산엔 못 다니고 우리 정자로만 밤낮 오죠"

하였다.

폐병! 그는 온전한 남의 일 같지 않게 마음이 쓰였다. 그렇게 예모 있고 상냥스러운 대화를 지껄일 수 있는 아름다운 입술이, 악마 같은 병균을 발산하리라는 사실은 상상만으로도 우울하였다.

그러나 그 다음날부터는 정원에서 그 여자를 만나 인사할 수 있는 것이 즐거웠고 될 수만 있으면 그를 위로해주고 그와 더불어 자기의 빈한한 예술을 이야기하고 싶었다. 그래서 그

여자가 자기 방 문 앞으로 왔을 때는 몇 번이나

"바람이 찹니다"

하여 보았다. 그러나 번번이

"여기가 좋아요"

하고 여자는 툇마루에 걸터앉았고 손수건으로 자주 입과 코를 막기를 잊지 않았다.

"글쎄 괜찮으니 좀 들어오십시오"

하고 괜찮다는 말에 힘을 주었더니 여자는 약간 상기가 되면서 그래도 이쪽에 밝혀 따지려는 듯이

"전 전염병 환자예요"

하고 쓸쓸한 웃음을 지었다.

"글쎄 그런 줄 압니다. 괜찮으니 들어오십시오"

하니 그제야 가벼운 감격이 마음속에 파동치는 듯, 잠깐 하늘가에 눈을 던졌다가 살며시 들어왔다. 황혼이었다. 동방향의 황혼이라 말할 때의 그 여자의 맑은 눈 속과 흰 잇속만이 아주 뚜렷이 빛이 났다.

"저처럼 죽음에 대면해 있는 처녀를 작품 속에서 생각해보신 적 계세요? 선생님?"

"없습니다! 그리고 그만한 일로 왜 죽음은 생각하십니까?"

"그래도 자꾸 생각하게 돼요"

하고 여자는 보일 듯 말 듯한 웃음으로 천장을 쳐다보았다.

한참 침묵 뒤에

"전 병을 퍽 행복스럽다 했어요, 처음엔……."

"……."

"모두 날 위해주고 친구들이 꽃을 가지고 찾아와 주고, 그리고 건강했을 때보다 여간 희망이 많지 않아요. 이제 병이 나으면 누구한테 제일 먼저 편지를 쓰겠다, 누구한테 전에 잘못한 걸 사과하리라…… 참 별별 희망이 다 끓어올랐어요…… 병든 걸 참 감사했어요, 그땐……."

"지금은요?……."

"무서워졌어요. 죽음도 처음에는 퍽 아름다운 걸로 알았더랬어요. 언제든지 살다 귀찮으면 꽃밭에 뛰어들 듯 언제나 아름다운 죽음에 뛰어들 수 있는 걸 기뻐했어요. 그런데 이렇게 다 틀리고 보니 겁이 자꾸 나요, 꿈을 꿔도……."

하는데 까악까악 하는 소리가 바로 그 전나무 썩정 가지에서인 듯, 언제나 똑같은 거리에서 울려왔다.

"여기 나와선 가마귀가 내 친굽니다"

하고 그는 억지로 그 불길스러운 소리를 웃음으로 덮어버리려 하였다.

"선생님은 친구라고까지! 전 이 동네가 모두 좋은데 저게 싫어요. 죽음을 잊어버리면 안 된다고 자꾸 깨우쳐주는 것 같아요."

"그건 괜한 관념인 줄 압니다. 흰 새가 있듯 검은 새도 있는 거요, 소리 맑은 새가 있듯 소리 탁한 새도 있는 거죠. 취미에 따라 가마귀도 사랑할 수 있는 샌줄 압니다."

"그건 죽음을 아직 남의 걸로만 아는 건강한 사람들의 두개골을 사랑하는 것 같은 악취미겠지요. 지금 저한텐 무서운 짐승이에요. 무슨 음모를 가지고 복면하고 내 뒤를 쫓아다니는 무슨 음흉한 사내같이 소름이 끼쳐요. 아마 내가 죽으면 저 새가 덥석 날아와 앞에 설 것만 같이……."

"……."

"죽음이 아름답게 생각될 때 죽는 것처럼 행복은 없을 것 같아요"

하고 여자는 너무 길게 지껄였다는 듯이 수건으로 입을 코까지 싸서 막고 멀거니 어두워 들어오는 미닫이를 바라보았다.

이 병든 처녀가 처음으로 방에 들어와 얼마 안 되는 이야기를 그의 체온과 그의 병균과 함께 남기고 간 날 밤, 그는 몹시 우울했다.

무슨 말을 하여야 그 여자를 위로할 수 있을까?

과연 그 여자의 병은 구할 수 없는 것일까?

어떻게 하면 그 여자에게 죽음이 다시 한 번 꽃밭으로 보일 수 있을까?

그는 비스듬히 벽에 기대어 이것을 생각하다가 머릿속에서 무엇이 버스럭거리는 소리를 들었다. 가만히 이마에 손을 대니 그것은 벽장 속에서 나는 소리였다. 그는 벽장을 열고 두어 마리의 쥐를 쫓고 나무처럼 굳은 빵 한 쪽을 꺼내었다. 그리고 한 손으로 뒷산에서 주워온 그 환약과 같이 둥글면서도 가랑잎처럼 무게가 없는 토끼의 배설물을 집어보면서 요즘은 자기의 것도 그렇게 담박한 것이 틀리지 않을 것을 미소하였다.

"사람에게서도 풀내가 나야 한다" 한 철인 토로의 말이 생각났으며, 사람도 사는 날까지 극히 겸손한 곤충처럼 맑은 이슬과 향기로운 풀잎으로만 만족하지 못하는 것을, 그 운명이 슬픈 생각이 났다. '무슨 말을 해주면 그 여자에게 새 희망이 생길까?'

그는 다시 이런 궁리에 잠기었고 그랬다가 문득

'내가 사랑하리라!'

하는 정열에 부딪치었다.

'확실히 그 여자는 애인을 갖지 못했을 거다. 누가 그 벌레 먹은 가슴에 사랑을 묻었을까!'

그는 그 여자의 앉았던 자리에 두 손길을 깔아보았다. 싸늘한 장판의 감촉일 뿐, 체온은 날아간 지 오래였다.

'슬픈 아가씨여, 죽더라도 나를 사랑하면서 죽어다오! 애인이 없이 죽는 것은 애인을 남기고 죽기보다 더욱 슬플 것이다…… 오래 전부터 병균과 싸워온 그대에게 확실히 애인이 있을 수 없을 거다.'

그는 문풍지 떠는 소리에 덧문을 닫고 남포에 불을 낮추고 포의 슬픈 시 〈레이벤〉을 생각하면서

"레노어? 레노어?"

하고, 포가 그의 애인의 망령亡靈을 부르듯이 슬픈 음성으로 소리쳐보기도 하였다. 그 덮을 것도 없이 애인이 헌 외투 자락에 싸여서, 그러나 행복스럽게 임종하였을 레노어의 가엾고 또 아름다운 시체는, 생각하여보면 포의 정열 이상으로 포근히 끌어안아보고 싶은 충동도 일어났다. 포가 외로운 서재에 앉아 밤 깊도록 옛 책을 상고할 때 폭풍은 와 문을 열어젖뜨렸고 검은 숲속에서는 보이지도 않는 가마귀가 울면서 머리 풀어헤친 아름다운 레노어의 망령이 스르르 방 안 한구석에 들어서곤 하였다.

'오오! 나의 레노어! 너는 아직 확실히 애인을 갖지 못했을 거다. 내가 너를 사랑해주며 내가 너의 죽음을 지키는 슬픈 애인이 되어주마.'

그는 밤이 너무나 긴 것을 탄식하며 밝기를 기다리었다.

그러나 밝는 날 아침은 하늘은 너무나 두껍게 흐려 있었고 거친 바람은 구석구석에서 몰려나오며 눈발조차 희끗희끗 날

리었다. 온실 속에서나 갸웃이 내다보는 한 송이 온대지방 꽃처럼, 그렇게 가냘픈 그 처녀의 얼굴이 도저히 나타나기를 바랄 수 없는 날씨였다.

'오! 가엾은 아가씨! 너는 이렇게 흐린 날 어두운 방 속에 누워 애인이 없이 죽을 것을 슬퍼하리라! 나의 가엾은 레노어!'

사흘이나 눈이 오고 또 사흘이나 눈보라가 치고 다시 며칠 흐렸다가 눈이 오고 그리고 해가 들고 따뜻해졌다. 처마 끝에서 눈 녹은 물이 비오듯 하는 날 오후인데 가엾은 아가씨가 나타났다. 더 창백해진 얼굴에는 상장喪章 같은 마스크를 입에 대었고 방에 들어와서는 눈꺼풀이 무거운 듯 자주 눈을 감았다 뜨면서

"그간 두어 번이나 몹시 각혈을 했어요"

하였다.

"그러나……"

"의사는 기관에서 터진 피라지만 전 가슴에서 나온 줄 모르지 않아요."

"그래도 의사가 더 잘 알지 않겠어요?"

"의사가 절 속여요. 의사만 아니라 사람들이 다 날 속이려고만 들어요. 돌아서선 뻔히 내가 죽을 걸 이야기하다가도 나보곤 아닌 체들 해요. 그래서 벌써부터 딴 세상 사람처럼 따돌리는 게 저는 슬퍼요. 죽음이 그렇게 외로운 거란 걸 죽기 전

부터 맛보게들 해요."

아가씨의 말소리는 떨리었다.


"그래도…… 만일 지금이라도 만일…… 진정으로 사랑하는 사람이 있다면 그 사람의 말만은 곧이 들으시겠습니까?"

"……."

눈을 고요히 감고 뜨지 않았다.

"앓으시는 병을 조금도 싫어하지 않고 정말 운명을 같이 따라 하려는 사람만 있다면……?"

"그럼 그건 아마 사람이 아니겠지요. 저한테 사랑하는 사람이 있긴 있어요…… 절 열렬히 사랑해주어요. 요즘도 자주 저한테 나와요. 그는 정말 날 사랑하는 표로 내가 이런, 모두 싫어하는 병이 걸린 걸 자기만은 싫어하지 않는단 표로, 하루는 내 가슴에서 나온 피를 반 컵이나 되는 걸 먹기까지 한 사람이어요. 그렇지만 그게 내게 위로가 되는 줄 아세요?"

"……."

그는 우울할 뿐이었다.


"내 피까지 먹고 나하고 그렇게 가깝게 해도 그는 저대로 건강하고 제대로 살아가야 할 준비를 하니까요. 머리가 좋으면 이발소에 가고, 신이 해지면 새 구둘 맞추고 날마다 대학 도

서관에 다니면서 학위 받을 연구만 하고 있어요. 그러니 얼마나 저하곤 길이 달라요? 전 머릿속에 상여, 무덤 그런 생각뿐인데…….'

"왜 그런 생각만 자꾸 하십니까?"

"사람끼린 동정하고 싶어도 동정이 안 되는 것 같아요."

"왜요?"

"병자에겐 같은 병자가 되는 것 아니곤 동정이 못 될 겁니다. 그런데 어떻게 맘대로 같은 병자가 되며 같은 정도로 앓다 같은 시각에 죽습니까? 뻔히 죽을 사람을 말로만 괜찮다 괜찮다 하고 속이는 건 이쪽을 더 빨리 외롭게 만드는 거예요."

"어떤 상여를 생각하십니까?"

그는 대담하게 이런 것을 물어주었다. 그렇게 하는 것이 그 아가씨의 세계에 접근하는 것이 될까 하였다.

"조선 상여는 참 타기 싫어요. 요즘 금칠 막 한 자동차도 보기 싫어요. 하얀 말 여럿이 몰고 가는 하얀 마차가 있다면……하고 공상해봤어요. 그리고 무덤도 조선 무덤들은 참 암만해도 정이 가질 않아요. 서양엔 묘지가 공원처럼 아름답다는데 조선 산수들이야 어디 누구의 영원한 주택이란 그런 감정이 나요? 곁에 둘 수 없으니 흙으로 덮고 그냥 두면 비에 패이니까 잔디를 심는 것뿐이지 꽃 한 송이 심을 데나 꽂을 데가 있어요? 조선 사람처럼 죽는 사람의 감정을 안 생각해주는 사람들은 없는 것 같아요. 괜히 그 듣기 싫은 목소리로 울기만 하고 가마귀나 모여들게 떡 조각이나 갖다 어질러놓고⋯⋯."

"⋯⋯."

"선생님은 왜 이렇게 외롭게 사세요?"

그는 아무 대답도 하지 않았다 그 여자에게 애인이 없으리라 단정한 자기의 어리석음을 마음 아프게 비웃었고 저렇게 절망에 극하여 세상 욕심이라고는 털끝만큼도 없는 거룩한 여자를 애인으로 가진 그 젊은 학도가 몹시 부러운 생각뿐이었다.

날은 이미 황혼에 가까웠다. 연당시 아래 전나무 꼭대기에서는 아직, 그 탁한 소리로 울지는 않으나 그 우악스런 주둥이로 그 검은 새들이 썩정이를 쪼는 소리가 딱 딱 울려왔다.

"가마귀가 온 거지요?"

"그렇게 그게 싫으십니까?"

"싫어요. 그것 뱃속엔 별별 귀신딱지가 다 든 것처럼 무서워요. 한 번은 꿈을 꾸었는데 가마귀 뱃속에 무슨 부적이 들고 칼이 들고 시퍼런 불이 들고 한 걸 봤어요. 웃지 마세요. 상식은 절 떠난 지 벌써 오래요⋯⋯."

"허허⋯⋯."

그러나 그는 웃고 속으로 이제 가마귀를 한 마리 잡으리라 하였다. 그 배를 갈라서 그 속에는 다른 새나 조금도 다를 것이 없는 내장뿐인 것을 보여주리라. 그래서 그 상식을 잃은 여자의 가마귀에 대한 공포심을 근절시키고, 그래서 죽음에 대한 공포심까지도 좀 덜게 해주리라 마음먹었다.

그는 이 아가씨가 간 뒤에 그 길로 뒷산에 올라 물푸레나무를 베다가 큰 활을 하나 메었다. 꼿꼿한 싸리로 살을 만들고 끝에다는 큰 못을 갈아 촉을 박고 여러 번 겨냥을 연습하여 보고 가마귀를 창문 가까이 유혹하였다. 눈 위에 여기저기 콩을 뿌리었더니 그들은 마침내 좌우를 음흉스런 눈으로 두리번거리면서도 내려와 그것을 쪼았다.

먼 데 것이 없어지는 대로 그들은 곧 날 듯 날 듯이 어깨를 바짝 세우면서도 차츰차츰 방문 가까이 놓인 것을 쪼며 들어왔다. 방 안에서는 숨을 죽이고 조그만 문 구멍에 살촉을 얹고 가장 가까이 들어온 놈의 옆구리를 겨냥하여 기운껏 활을 당겨 쏘아버렸다.

푸드득 하더니 날기는 다 날았으나 한 놈이 쭉지에 살이 박힌 채 이내 그 자리에 떨어졌고 다른 놈들은 까악까악거리면서 전나무 꼭대기로 올라갔다. 그는 황망히 신을 끌며 떨어진 놈을 쫓아들어가 발로 덮치려 하였다. 그러나 가마귀는 어느 틈에 그의 발밑에 들지 않고 훌쩍 몸을 솟구쳐 그 찬란한 핏방울을 눈 위에 휘뿌리며 두 다리와 한 날개로 반은 날고 반은 뛰면서 잔디밭 쪽으로 너풀 달아났다. 이쪽에서도 숨차게 뛰어 다그쳤다. 보기에 악한과 같은 짐승이었지만 그도 한낱 새였다.

공중을 잃어버린 그에겐 이내 막다른 골목이 나왔다. 화살이 그냥 박힌 채 연당으로 내려가는 도랑창에 거꾸로 박히더니 쌕쌕하면서 불덩어리인지 핏방울인지 모를 두 눈을 뒤집어쓰고 집게 같은 입을 딱 벌리며 대가리를 바짝 들었다. 그리고 머리 위에서는 다른 놈들이 전나무에서 내려와 까악거리며 저희 가족을 기어이 구하려는 듯이 낮게 떠돌며 덤비었다.

그는 슬그머니 겁이 나기도 했으나 뭉치 돌을 집어 공중의 놈들을 위협하며 도랑에서 다시 너풀 올려 솟는 놈을 쫓아들어가 곧은 발길로 산멱통을 차 내던지었다. 화살은 빠져 떨어지고 가마귀만 대여섯 칸 밖에 나가떨어지며 킥 하고 뻗어버렸다. 다시 쫓아가 발길을 들었으나 그때는 벌써 가마귀는 적을 볼 줄도 모르고 덮어누르는 죽음과 싸울 뿐이었다. 그는 두근거리는 가슴으로 이 검은 새의 죽음의 고민을 내려다보며 그 병든 처녀의 임종을 상상해보았다. 슬픈 일이었다. 그는 이내 자기 방으로 돌아왔고 나중에 정자지기를 시켜 그 죽은 가마귀를 목을 매어 어느 나뭇가지에 걸게 하였다. 그리고 어서 그 아가씨가 나타나면 곧 훌륭한 외과의外科醫처럼 그 검은 시체를 해부하여 가마귀의 뱃속에도 다른 날짐승과 똑같이 단순한 조류鳥類의 내장이 있을 뿐, 결코 그런 무슨 부적이

나 칼이나, 푸른 불이 들어 있지 않다는 것을 증명하리라 하였다.

그러나 날씨는 추워가기만 하고 열흘에 한 번도 따뜻한 해가 비치지 않았다. 달포가 지나도록 그 아가씨는 나타나지 않았다. 날씨는 다시 풀어져 연당에 눈이 녹고 단풍나무 가지에 걸린 가마귀의 시체도 해부하기 알맞게 녹았지만 그 아가씨는 나타나지 않았다.


하루는 다시 추워져 싸락눈이 사륵사륵 길에 떨어져 구르는 날 오후다. 그는 어느 잡지사에 들어가 곤작困作 한 편을 팔아가지고 약간의 식료를 사들고 나오는 길인데 개울 건너 넓은 마당에는 두어 대의 검은 자동차와 함께 금빛 영구차 한 대가 놓여 있는 것이다.

그는 가슴이 섬뜩하였다. 별장 쪽을 올려다보니 전나무 꼭대기에서는 진작부터 서너 마리의 가마귀가 이 광경을 내려다보며 쭈그리고 앉아 있었다.

"그 여자가 죽은 거나 아닌가?"

영구차 안에는 이미 검은 포장에 덮인 관이 실려 있었다. 둘러 섰는 동네 사람 속에서 정자지기가 나타나더니 가까이 와 일러주었다.

"우리 정자로 늘 오던 색시가 갔답니다."

"……."

그는 고요히 영구차를 향하여 모자를 벗었다.

"저 뒤의 자동차에 지금 오르는 사람이 그 색시하고, 정혼했던 남자랍니다."

그는 잠자코 그 대학 도서실에 다니며 학위 얻을 연구를 한다는 청년을 바라다보았다. 그 청년은 자동차 안에 들어앉아 이내 하얀 손수건을 내어 얼굴에 대었다. 그러자 자동차들은 영구차가 앞을 서며 고요히 굴러 떠나갔다. 눈은 함박눈이 되면서 펑펑 쏟아지기 시작하였다. 그 자동차들의 굴러간 자리도 얼마 안 있어 덮어버리고 말았다.

가마귀들은 이 날 저녁에도 별다른 소리는 없이 그저 까악 거리다가 이따금씩 까르르하고 그 GA 아래 R이 한없이 붙은 발음을 내곤 하였다.

(1935년 12월)

# 복덕방

철썩, 앞집 판장 밑에서 물 내버리는 소리가 났다. 주먹구구에 골똘했던 안 초시에게는 놀랄 만한 폭음이었던지, 다리 부러진 돋보기 너머로 꼭 먹이를 쪼으려는 닭의 눈을 해가지고 수챗구멍을 내다본다. 뿌연 뜨물에 휩쓸려 나오는 것이 여러 가지다. 호박 꼭지, 계란 껍질, 개비해 버린 녹두 껍질.

'녹두 빈대떡을 부치는 게로군.'

5, 6년째 안 초시는 말끝마다 "젠장……"이 아니면 "흥!" 하는 코웃음을 잘 붙였다.

"추석이 벌써 낼 모레지! 젠장……."

안 초시는 저도 모르게 입맛을 다시었다. 기름내가 코에 풍기는 듯 대뜸 입 안에 침이 흥건해지고 전에 괜찮게 지낼 때 충치니 풍치니 하던 것은 거짓말이었던 것처럼 아래윗니가 송곳 끝같이 날카로워짐을 느끼었다.

안 초시는 그 날카로워진 이를 빈 입인 채 빠드득 소리가 나게 한 번 물어보고 고개를 들었다.

하늘은 천리같이 트였는데 조각구름들이 여기저기 널리었다. 어떤 구름은 깨끗이 바래 말린 옥양목처럼 흰 빛이 눈이 부시다. 안 초시는 이내 자기의 때문은 적삼 생각이 났다. 소매를 내려다보는 그의 얼굴은 좀처럼 들리지 않는다. 거기는 한 조각의 녹두 반자나 한 잔의 약주로써 어쩌지 못할, 더 슬픔과 더 고적함이 품겨 있는 것 같았다.

혹혹 소매 끝을 불어보고 손끝으로 튀겨보기도 하다가 목침을 세우고 눕고 말았다.

"이사는 팔하고 사오는 이십이라 천이 되지…… 가만…… 천이라? 사로 했으니 사천이라 사천 평…… 매 평에 아주 주려잡아 오 환씩만 하게 돼도 사 환 칠십오 전씩이 남으니 그럼…… 사사는 십육 일만육천 환하고……"

안 초시가 다시 주먹구구를 거듭해서 얻어낸 총액이 1만 9천원, 단 1천원만 들여도 1만 9천원이 되리라는 심속이니, 1만원만 들이면 그게 얼만가? 그는 벌떡 일어났다. 이마가 화끈했다. 도사렸던 무릎을 얼른 세우고 뒤나 보려는 사람처럼 쭈그렸다. 마코 갑이 번연히 비인 것인 줄 알면서도 다시 집어다 눌러보았다. 주머니에는 단 돈 10전, 그도 안경다리를 고친다고 벌써 세번짼가 네번째 딸에게서 4, 50전 얻어가지고는 번번이 담뱃값으로 다 내어보내고 말던 최후의 10전, 안 초시는 주머니에 손을 넣어 그것을 집어내었다. 백통화 한 푼을 얹은 야윈 손바닥, 가만히 떨리었다. 서 참의徐參議의 투박한 손을 생각하면 너무나 얇고 잔망스러운 손이거니 하였다. 그러나 이따금 술잔은 얻어먹고, 이렇게 내 방처럼 그의 복덕방에서 잠까지 빌려 자건만 한 번도, 집 거간이나 해먹는 서 참의의 생활이 부럽지는 않았다. 그래도 언제든지 한 번쯤은 무슨 수가 생기어 다시 한 번 내 집을 쓰게 되고, 내 밥을 먹게 되고, 내 힘과 내 낯으로 다시 한 번 세상에 부딪혀보려니 믿어졌다.

초시는 전에 어떤 관상쟁이의 "엄지손가락을 안으로 넣고 주먹을 쥐어야 재물이 나가지 않는다"는 말이 생각났다. 늘 그렇게 쥐노라고는 했지만 문득 생각이 나 내려다볼 때는, 으레 엄지손가락이 얄밉도록 밖으로만 쥐어져 있었다. 그래 드팀전을 하다가도 실패를 하였고, 집까지 잡혀서 장전을 내었다가도 그만 화재를 보았거니 하는 것이다.

"이놈의 엄지손가락아 안으로 좀 들어가, 젠장."

하고 연습삼아 엄지손가락을 먼저 안으로 넣고 아프도록 두 주먹을 꽉 쥐어보았다. 그리고 당장 내어보낼 돈이면서도 그 10전짜리를 그렇게 쥔 주먹에 단단히 넣고 담배가게로 나갔다.

이 복덕방에는 흔히 세 늙은이가 모였다.

언제 누가 와, 집 보러 가잘지 몰라, 늘 갓을 쓰고 앉아서 한길을 잘 내다보는 얼굴 붉고 눈방울 큰 노인은 주인 서 참의다. 참의로 다니다가 합병 후에는 다섯 해를 놀면서 시기를 엿보았으나 별수가 없을 것 같아서 이럭저럭 심심파적으로 갖게 된 것이 이 가옥 중개업家屋仲介業이었다. 처음에는 겨우 굶지 않을 만한 수입이었으나 대정大正 8, 9년 이후로는 시골 부자들이 세금稅金에 몰려, 혹은 자녀들의 교육을 위해 서울로만 몰려들고, 그런 데다 돈은 흔해져서 관철동貫鐵洞, 다옥정茶屋町 같은 중앙 지대에는 그리 고옥만 아니면 1만 원대를 예사로 훌훌 넘었다. 그 판에 봄 가을로 어떤 날에는 300원 내지 400원의 수입이 있어, 그러기를 몇 해를 지나 가회동嘉會洞에 수십 간 집을 세웠고 또 몇 해 지나지 않아서는 창동倉洞 근처에 땅을 장만하기 시작하였다. 지금은 중개업자도 많이 늘었고 건양사建陽社가 생기어서 당자끼리 직접 팔고 사는 것이 원칙처럼 되어가기 때문에 중개료의 수입은 전보다 훨씬 줄은 셈이다. 그러나 20여 년 간 집에 학생을 치고 싶은 대로 치기 때문에 서 참의의 수입이 없는 달이라고 쌀값이 밀리거나 나무 값에 졸일 형편은 아니다.

"세상은 먹고 살게 마련이야……."

서 참의가 흔히 하는 말이다. 칼을 차고 훈련원에 나서 병법을 익힐 때는, 한 번 호령만 하고 보면 산천이라도 물러설 것 같던, 그 기개와, 오늘의 자기, 한낱 가쾌家儈로 복덕방 영감으로 기생, 갈보 따위가 사글셋방 한칸을 얻어달래도 네 네

하고 따라나서야 하는, 만인의 심부름꾼인 것을 생각하면 서글픈 눈물이 아니 날 수도 없는 것이다. 워낙 술을 즐기기도 하지만 어떤 때는 남몰래 이런 감회感懷를 이기지 못해서 술집에 들어선 적도 여러 번이다.

그러나 호반〔武人〕들의 기개란 흔히 혈기血氣에서 나오는 것이기 때문인지 몸에서 혈기가 죽음에 따라 그런 감회를 일으킴조차 요즘은 적어지고 말았다. 하루는 집에서 점심을 먹다 듣노라니 무슨 장사치의 외우는 소리인데 아무래도 귀에 익은 목청이다. 자세히 귀를 기울이니 점점 가까이 오는 소리인데 제법 무엇을 사라는 소리가 아니라 "유리병이나 간장통 파시오—" 하면서 가마니 두어 개를 지고 한 손에는 저울을 들고 중노인이나 된 사내가 지나가는데 아는 사람은 확실히 아는 사람이다. 그러나 그를 어디서 알았으며 성명이 무엇이며 애초에는 무엇을 하던 사람인지가 캄캄해지고 말았다.

"오오라! 그렇군…… 분명…… 저런!"
하고 그는 한참 만에 고개를 끄덕이었다. 그 유리병과 간장통을 외우는 소리가 골목 안으로 사라져갈 즈음에야 서 참의는 그가 누구인 것을 깨달아낸 것이다.

"동관同官 김 참의…… 허!"
나이는 자기보다 훨씬 연소하였으나 학식과 재기가 있는 데다 호령 소리가 좋아 상관에게 늘 칭찬을 받던 청년 무관이었다. 20여 년 뒤에 들어도 갈데없이 그 목청이요 그 모습이었다. 전날의 그를 생각하고 오늘의 그를 보니 적이 감개에 사무치어 밥숟가락을 멈추고 냉수만 거듭 마시었다.

그러나 전에 혈기 있을 때와 달라 그런 기분이 오래가지는 않았다. 중학교 졸업반인 둘째아들이 학교에 갔다 들어서는 것을 보고, 또 싸전에서 쌀값 받으러 와 마누라가 선선히 시퍼런 지전을 내어 세는 것을 볼 때 서 참의는 이내 속으로

"거저 살아야지 별 수 있나. 저렇게 개 가죽을 쓰고 돌아다니는 친구도 있는데…… 에헤."

하였을 뿐 아니라 그런 절박한 친구에다 대면 자기는 얼마나 훌륭한 지체이냐 하는 자존심도 없지 않았다.

"지난 일 그까짓 생각할 건 뭐 있나. 사는 날까지…… 허허."

여생을 웃으며 살 작정이었다. 그래 그런지 워낙 좀 실없는 티가 있는 데다 요즘 와서는 누구에게나 농지거리가 늘어갔다. 그래 늘 눈이 달리고 뾰로통한 입으로는 말끝마다 젠장 소리만 나오는 안 초시와는 성미가 맞지 않았다.

"좀보야, 술 한잔 사주랴!"

좀보라는 말이 자기를 업신 여기는 것 같아서 안 초시는 이내 빨끈해 가지고

"네깟놈 술 더러워 안 먹는다."

한다.

"화투패나 밤낮 떼면 너희 어멈이 살아온다던?"

하고 서 참의가 발끝으로 화투짝들을 밀어던지면 그만 얼굴이 새빨개져서 쌔근쌔근하다가 부채면 부채, 담뱃갑이면 담뱃갑, 자기의 것을 냉큼 집어들고 안 올 듯이 새침해 나가버리는 것이다.

"저게 계집이면 천생 남의 첩 감이야."

하고 서 참의는 껄껄 웃어버리나 안 초시는 이렇게 돼서 올라가면 한 이틀씩 보이지 않았다.

한 번은 안 초시의 딸의 무용회舞踊會 날 밤이었다. 안경화安京華라고, 한동안 토월회土月會에도 다니다가 대판大阪에 가 있느니 동경東京에 가 있느니 하더니 5, 6년 뒤에 무용가라고 이름을 날리며 서울에 나타났다. 바로 제1회 공연날 밤이었다. 서 참의가 졸르기도 했지만, 안 초시도 딸의 사진과 이야기가 신문마다 나는 바람에 어깨가 으쓱해서 공표를 얻을 수 있는 대로 얻어가지고 서 참의뿐 아니라 여러 친구를 돌아 줬던 것이다.

"허! 한가운데서 지금 한창 다릿짓하는 게 자네 딸인가?"

남은 다 멍멍히 앉았는데 서 참의가 해괴한 것을 보는 듯, 마땅하지 않은 어조로 물었다.

"무용이란 건 문명국일수록 벗고 한다네그려."

약기는 한 안 초시는 미리 이런 대답으로 막았다.

"모르겠네 원…… 지금 총각놈들은 모두 등신인가봐……."

"왜"

하고 이번에는 다른 친구가 탄하였다.

"우린 총각 시절에 저런 걸 보면 그냥 못 배기네."

"빌어먹을 녀석…… 나이 값을 못 하고, 개야 저건 개……."

벌써 안 초시는 분통이 발끈거려서 나오는 소리였다.

한 가지가 끝나고 불이 환하게 켜졌을 때다.

"차라리 도로 여배우 노릇을 다니라고 그래라, 여배운 그래도 저렇게 넓적다린 내놓고 덤비지 않더라."

"그자식 오지랖 경치게 넓네. 네가 안방 건넌방이 몇 칸이요나 알았지 뭘 쥐뿔이나 안다고 그래, 보기 싫건 나가럼"

하고 안 초시는 화를 발끈 내었다. 그러니까 서 참의도 안방 건넌방 말에 화가 나서 꽤 높은 소리로

"넌 또 뭘 아니? 요 쫌보야"

하고 일어서 버렸다.

이 일이 있은 후 안 초시는 거의 달포나 서 참의의 복덕방에 나오지 않았었다. 그런 걸 박희완朴喜完 영감이 가서 데리고 왔었다.

박희완 영감이란 세 영감 중의 하나로 안 초시처럼 이 복덕방에 와 자기까지는 안 하나 꽤 쏠쏠히 놀러 오는 늙은이다. 아니 놀러오기만 하는 것이 아니라 와서는 공부도 한다. 재판

소에 다니는 조카가 있어 대서업代書業 운동을 한다고 《속수
국어독본涑修國語讀本》을 노상 끼고 와서 《삼국지三國志》 읽던
투로

"긴상 도코니 이키이 마수카."

어쩌고를 외우고 있는 것이다.

그러나 《속수국어독본》 뚜껑이 손때에 절고 또 어떤 때는
목침 위에 받혀 베고 낮잠도 자서 머리 때까지 새까맣게 절어
'조선총독부 편찬朝鮮總督府編纂'이란 잔 글자들은 보이지 않게
되도록, 대서업 허가는 의연히 나오지 않는 모양이었다.

"너나 나나 다 산 것들이 업은 가져 뭘 하니. 무슨 세월
에…… 흥!"

하고 어떤 때, 안 초시는 한나절이나 화투패를 떼다 안 떨어
지면 그 화풀이로 박희완 영감이 들고 중얼거리는 《속수국어
독본》을 툭 채어 한길로 팽개치며 그랬다.

"넌 또 무슨 재술 바라고 밤낮 화투패나 떨어지길 바라니?"

"난 심심풀이지."

그러나 속으로는 박희완 영감보다 더 세상에 대한 야심이
끓었다. 딸이 평양으로 대구로 다니며 지방 순회까지 하여서
제법 돈냥이나 걷힌 것 같으나 연구소를 내노라고 집을 뜯어
고친다, 유성기를 사들인다, 교제를 하러 돌아다닌다 하노라
고, 더구나 귀찮게만 아는 이 아비를 위해 쓸 돈은 예산에부

터 들지 못하는 모양이었다.

"얘? 낡은 솜이 돼 그런지, 삯바느질이 돼 그런지 바지 솜이 모두 치어서 어떤 땐 홑 옷이야, 암만 해도 셔츠 한 벌 사입어야겠다."

하고 딸의 눈치만 보아 오다 한 번은 입을 열었더니

"어련히 제가 사드리지 않겠어요."

하고 딸은 대답은 선선하였으나 셔츠는 그 해 겨울이 다 지나도록 구경도 못하였다. 셔츠는커녕 안경 다리를 고치겠다고 돈 1원만 달래도 1원짜리를 군이 바꿔다가 50전 한 닢만 주었다. 안경은 돈을 좀 주무르던 시절에 장만한 것이라, 테만 5, 6원 먹는 것이라 50전만으로 그런 다리는 어림도 없었다. 50전 짜리 다리도 있지만 살 바에는 조촐한 것을 택하던 초시의 성미라 더구나 면상에서 짝짝이로 드러나는 것을 사기가 싫었다. 차라리 종이 노끈인 채 쓰기로 하고 50전은 담뱃값으로 나가고 말았다.

"왜 안경 다린 안 고치셨어요?"

딸이 그 날 저녁으로 물었다.

"흥……."

초시는 말은 하지 않았다. 딸은 며칠 뒤에 또 50전을 주었다. 그러면서 어떻게 들으라고 하는 소리인지

"아버지 보험료만 해도 한 달에 3원 80전씩 나가요"

하였다. 보험료나 타먹게 어서 죽어달라는 소리로도 들리었다.

"그게 내게 상관 있니?"

"아버지 위해 들었지 누구 위해 들었게요 그럼."

초시는 '정말 날 위해 하는 거문 살아서 한 푼이라도 다오. 죽은 뒤에 내가 알게 뭐냐' 소리가 나오는 것을 억지로 참았다.

"50전이면 왜 안경 다릴 못 고치세요?"

초시는 설명하지 않았다.

"지금 아버지가 좋고 나쁜 것을 가리실 처지예요?"

그러나 50전은 또 마꼬 값으로 다 나갔다. 이러기를 아마 서너 번째다.

"자식도 소용 없어. 더구나 딸자식…… 그저 내 수중에 돈이 있어야……."

초시는 돈의 긴요성을 날로 더욱 심각하게 느끼었다.

"돈만 가지면야 좀 좋은 세상인가!"

심심해서 운동삼아 좀 나다녀 보면 거리마다 짓는 것이 고층 건축高層建築들이요, 동네마다 느는 것이 그림 같은 문화 주택文化住宅들이다. 조금만 정신을 놓아도 물에서 막 튀어나온 미역처럼 미끈미끈한 자동차가 등덜미에서 소리를 꽥 지른다. 돌아다보면 운전수는 눈을 부릅떴고 그 뒤에는 금시계 줄이 번쩍거리는 살찐 중년 신사가 빙그레 웃고 앉았는 것이었다.

"예순이 낼 모레…… 젠장할 것."

초시는 늙어가는 것이 원통하였다. 어떻게 해서든지 더 늙기 전에 적게 돈 1만원이라도 붙들어 가지고 내 손으로 다시한 번 이 세상과 교섭해보고 싶었다. 지금 이 꼴로서야 문화주택이 암만 서기로 내게 무슨 상관이며 자동차, 비행기가 개미 떼나 파리 떼처럼 퍼지기로 나와 무슨 인연이 있는 것이냐, 세상과 자기와는 자기 손에서 돈이 떨어진, 그 즉시로 인연이 끊어진 것이라 생각되었다.

'그러면 송장이나 다름없지 뭔가?'

초시는 이런 질문을 자신에게 던진 지가 이미 오래였다.

'무슨 수가 없을까?'

또

'무슨 그루터기가 있어야 비비지?'

그러다가,

'그래도 돈냥이나 엎질러본 녀석이 벌기도 하는 게지'

하고, 그야말로 무슨 그루터기만 만나면 꼭 벌기는 할 자신이었다.


그러다가 박희완 영감에게서 들은 말이었다. 관변에 있는 모 유력자를 통해 비밀리에 나온 말인데 황해 연안黃海沿岸에 제2의 나진羅津이 생긴다는 말이었다. 지금은 관청에서만 알 뿐이나 축항 용지築港用地는 비밀리에 매수되었으므로 불원하여

당국자로부터 공표公表가 있으리라는 것이다.

"그럼 거기가 황무진가? 전답들인가?"

초시는 눈이 뻘개 물었다.

"밭이라네."

"밭? 그럼 매 평 얼마나 간다나?"

"좀 올랐대, 관청에서 사는 바람에 아무리 시골 사람들이기로 그만 눈치 없겠나. 그래도 무슨 일로 관청서 사는지 모르거든……."

"그래?"

"그래 그리 오르진 않았대…… 아마 평당 25전씩이면 살 수 있나보네. 그러니 화중지병이지 뭘 하나 우리가……."

"음……."

초시는 관자놀이가 욱신거리었다. 정말이기만 하면 한 시각이라도 먼저 덤비는 놈이 더 먹는 판이다. 5, 6전 하던 땅이 한번 개항된다는 소문이 나자 당년으로 5, 6전의 100배 이상이 올랐고 3, 4년 뒤에는 땅 나름이지만 어떤 요지要地는 1천배 이상이 오른 데가 많다.

"다 산 나이에 오래 끌 건 뭐 있나. 당년으로 넘겨도 최소한도 5환씩이야 무려할 테지……."

혼자 생각한 초시는

"대관절 어디란 말이야 거기가?"

하고 나 앉으며 물었다.

"그걸 낸들 아나?"

"그럼?"

"그 모씨라는 이만 알지. 그러게 날더러 단 1만원이라도 자본을 대주면 자기는 거기서도 어디 어디가 요지라는 걸 설계도를 복사해낸 사람이니까, 그 요지만 산단 말이지, 그리고 많이도 바라지 않아, 비용 죄다 제치고 순이익의 2할만 달라는 거야."

"그럴 테지…… 누가 그런 자국을 일러주고 구경만 하자겠나…… 2할이라…… 2할……."

초시는 생각할수록 이것이 훌륭한, 그 무슨 그루터기가 될 것 같았다. 나진의 선례도 있거니와 박희완 영감 말이 만주국이 되는 바람에 중국과의 관계가 미묘해지므로 황해 연안에도 으레 나진과 같은 사명을 가진 큰 항구가 필요한 것은 우리 상식으로도 추측할 바라 하였다. 초시의 상식에도 그것을 믿을 수 있었다.


오늘은 오래간만에 '피죤'을 사서, 거기서 아주 한 대를 피워물고 왔다. 어째 박희완 영감이 종일 보이지 않는다. 다른 데로 자금 운동을 다니나보다 하였다. 서 참의는 점심 전에 나간 사람이 어디서 흥정이나 한 자리 떨어져서인지 아직 돌아오지 않는다. 안 초시는 미닫이 틀 위에서 낡은 화투를 꺼내었다.

'허, 이것봐라.'

여간해선 잘 떨어지지 않던 거북패가 단번에 뚝 떨어진다. 누가 옆에 있어 좀 보아줬으면 싶었다.

"아무래도 이게 심상치 않아…… 이제 재수가 티나부다!"

초시는 반도 타지 않은 담배를 한길로 내던졌다. 출출하던 판에 담배만 몇 대를 피고 나니 목이 컬컬해진다. 앞집 수채의 뜨물에 떠내려가다 막힌 녹두 껍질이 그저 누렇게 보인다.

'오냐 내년 추석엔……'

초시는 이 날 저녁에 박희완 영감에게서 들은 이야기를 딸에게 하였다. 실패는 했을지라도 그래도 십수 년을 상업계에서 논 안 초시라 출자出資를 권유하는 수작만은 딸이 듣기에도 딴 사람인 듯 놀라웠다. 딸은 즉석에서는 가부를 말하지 않았으나 그의 머릿속에서도 이내 잊혀지지는 않았던지 다음날 아침에는, 딸이 먼저 이 이야기를 다시 꺼내었고, 초시가 박희완 영감에게 묻던 이상으로 시시콜콜이 캐물었다. 그러면 초시는 또 박희완 영감 이상으로 손가락으로 가리키듯, 소상히 설명하였고 1년 안에 청장을 하더라도 최소 한도로 50배 이상의 순이익이 날 것이라 장담하였다.

딸은 솔직했다. 사흘 안에 연구소 집을 어느 신탁 회사信託

會社에 넣고 3천 원을 돌리기로 하였다. 초시는 금세 발복이나 된 듯 뛰고 싶게 기뻤다.

'서 참의 이놈, 날 은근히 멸시했것다. 내 군이 널 시켜 네 집보다 난 집을 살 테다. 네깟놈이 천생 가쾌지 별 거냐······.'

그러나 신탁회사에서 돈이 되는 날은 웬, 처음 보는 청년 하나가 초시의 앞을 가리며 나타났다. 그는 딸의 청년이었다. 딸은 아버지의 손에 단 1전도 넣지 않았고 꼭 그 청년이 나서 돈을 쓰며 처리하게 하였다. 처음에는 팩 나오는 노여움을 참을 수가 없었으나 며칠 밤을 지내고 나니, 적어도 3천 원의 순이익이 5, 6만 원은 될 것이라, 1만 원 하나야 어디로 가랴 하는 타협이 생기어서 안 초시는 으실으실 그 이를테면 사위 녀석 격인 청년의 뒤를 따라나섰다.

1년이 지났다.

모두 꿈이었다. 꿈이라도 너무 악한 꿈이었다 3천 원어치 땅을 사놓고 날마다 신문을 훑어보며 수소문을 하여도 거기가 축항이 된다는 말이 신문에도, 소문에도 나지 않았다. 용당포龍塘浦와 다사도多獅島에는 땅 값이 30배가 올랐느니 50배가 올랐느니 하고 졸부들이 생겼다는 소문이 있어도 여기는 캄캄 소식일 뿐 아니라 나중에 역시, 박희완 영감을 통해 알고 보니 그 관변 모씨에게 박희완 영감부터 속아떨어진 것이었다. 축항 후보지로 측량까지 하기는 하였으나 무슨 결점으로인지 중지되고 마는 바람에 너무 기민하게 거기다 땅을 샀던 그 모씨가 그 땅 처치에 곤란하여 꾸민 연극이었다.

돈을 쓸 때는 1원짜리 한 장 만져도 못봤지만 벼락은 초시에게 떨어졌다. 서너 끼씩 굶어도 밥 먹을 정신이 나지도 않거니와 밥을 먹으러 들어갈 수도 없었다.

'재물이란 친자간의 의리도 배추 밑 도리듯 하는 건가?'

탄식할 뿐이었다. 밥보다는 술과 담배가 그리웠다. 물론 안경 다리는 그저 못 고치었다. 그러니 이제는 50전짜리는커녕 단 10전짜리도 얻어볼 길이 없다.

추석 가까운 날씨는 해마다의 그때와 같이 맑았다. 하늘은 천리같이 트였는데 조각 구름들이 여기저기 널리었다. 어떤 구름은 깨끗이 바래 말린 옥양목처럼 흰 빛이 눈이 부시다. 안 초시는 이번에도 자기의 때묻은 적삼 생각이 났다. 그러나 이번에는 소매 끝을 불거나 떨지는 않았다. 고요히 흘러내리는 눈물을 그 더러운 소매로 닦았을 뿐이다.

여름이 극성스럽게 덥더니, 추위도 그럴 징조인지 예년보다 무서리가 일찍 내리었다. 서 참의가 늘 지나다니는 식은 사택植銀舍宅에는 울타리가 넘게 피었던 코스모스들이 끓는 물에 데쳐 낸 것처럼 시커멓게 무르녹고 말았다.

참의는 머리가 띵! 하였다. 요즘 와서 울기 잘하는 안 초시를 한 번 위로해주려, 엊저녁에는 데리고 나와 청요리집으로, 추어탕집으로, 새로 두 점을 치도록 돌아다닌 때문 같았다. 조반이라고 몇 술 뜨기는 했으나 혀도 그냥 뻑뻑하다. 안 초시도 그럴 것이니까 해는 벌써 오정때지만 끌고 나와 해장 술이나 먹으리라 하고 부지런히 내려와 보니, 웬일인지 복덕방이라고 쓴 팻말이 아직 내걸리지 않았다.

"이 사람 봐…… 어느 땐 줄 알고 코만 고누……."

그러나 코 고는 소리는 들리지 않았다. 미닫이를 밀어젖뜨린 서 참의는 정신이 번쩍 났다. 안 초시의 입에는 피, 얼굴은 잿빛이다. 방 안은 움 속처럼 음습한 바람이 휭 끼친다.

"아니……?"

참의는 우선 미닫이를 닫고 눈을 비비고 초시를 들여다보았다. 안 초시는 벌써 아니요, 안 초시의 시체일 뿐, 둘러다 보니 무슨 약병인 듯한 것 하나가 굴러져 있다.

참의는 한참 만에야 이 일이 슬픈 일인 것을 깨달았다.

"허……."

파출소로 갈까 하다 그래도 자식한테 먼저 알려야겠다 하고 말만 듣던 그 안경화 무용 연구소를 찾아가서 안경화를 데리고 왔다. 딸이 한참 울고 난 뒤다.

"관청에 어서 알려야지?"

"아니에요, 하지 마세요."

딸은 펄쩍 뛰었다.

"하지 말라니?"

"저……"

"저라니?"

"제 명예도 좀……"

하고 그는 애원하였다.

"명예? 안 될 말이지, 명예 생각하는 사람이 아빌 저 모양으로 세상 떠나게 해?"

"……"

안경화는 엎드려 다시 울었다. 그러다가 나가려는 서 참의의 다리를 끌어안고 놓지 않았다. 그리고

"절 살려주세요."

소리를 몇 번이나 거듭하였다.

"그럼, 비밀은 내가 지킬 테니 나 하자는 대로 할까?"

"네."

서 참의는 다시 앉았다.

"부친 위해 보험 든 거 있지?"

"네, 간이 보험이에요."

"무슨 보험이든…… 얼마나 타게 되나?"

"380원이요."

"부친 위해 들었으니 부친 위해 다 써야지?"

"그럼요."

"에헴 그럼…… 돌아간 이가 늘 속 셔츠를 입고 싶어 했어. 상등급 털 셔츠를 사다 입히고 그 위에 진품으로 수의 일습 구색 맞춰 짓게 하고…… 선산이 있나, 묻힐 데가?"

"웬 걸요, 없어요."

"그럼 공동 묘지라도 특등지로 넓직하게 사고…… 장례식을 장하게 해야 말이지 초라하게 해버리면 내가 그저 안 있을 거야. 알아들어?"

"네"

하고 안경화는 그제서야 핸드백을 열고 눈물 젖은 얼굴을 닦았다.

안 초시의 소위 영결식永訣式이 그 딸의 연구소 마당에서 열렸다.

서 참의와 박희완 영감은 술이 거나하게 취해 갔다. 박희완 영감이 무얼 잡혀서 가져왔다는 부의賻儀 2원을 서 참의가

"장례비가 넉넉하니 자네 돈 그 계집에게 줄 거 없네."

하고 우선 술집에 들러 거나하게 곱배기들을 한 것이다.

영결식장에는 제법 반반한 조객들이 모여들었다. 예복을 차리고 온 사람도 두엇 있었다. 모두 고인을 알아 온 것이 아니요, 무용가 안경화를 보아 온 사람들 같았다. 그 중에는 고인의 슬픔을 알아 우는 사람인지, 덩달아 기분으로 우는 사람

인지 울음을 삼키느라고 끽끽 하는 사람도 있었다. 안경화도 제법 눈이 젖어가지고 신식 상복이라나 공단 같은 새까만 양복으로 관 앞에 나와 향불을 놓고 절하였다. 그 뒤를 따라 한 20명이 관 앞에 와 꾸벅거렸다. 그리고 무어라고 지껄이고 나가는 사람도 있었다.

그들의 분향이 거의 끝난 듯하였을 때,

"에헴"

하고 얼굴이 시뻘건 서 참의도 한 마디 없을 수 없다는 듯이 나섰다. 향을 한 움쿰이나 집어넣어 연기가 시커멓게 치솟더니 불이 일어났다. 후 후 불어 불을 끄고, 수염을 한 번 쓸고 절을 했다. 그리고 다시

"헴"

하더니 조사弔辭를 하였다.

"나 서 참의일세 알겠나? 흥…… 자네 참 호살세 호사야…… 잘 죽었느니, 자네 살았으면 이 호살 해보겠나? 이전 안경 다리 고칠 걱정도 없고…… 아무튼……"

하는데 박희완 영감이 들어서더니

"이 사람 취했네그려."

하며 서 참의를 밀어냈다.

박희완 영감도 가슴이 답답하였다. 분향을 하고 무슨 소리를 한 마디 했으면 속이 후련히 트일 것 같아서 잠깐 멈칫하

고 서 있어보았으나

"으흐흑……"

하고 울음이 먼저 터져 그만 나오고 말았다.

　서 참의와 박희완 영감도 묘지까지 나갈 작정이었으나 거기
모인 사람들이 하나도 마음에 들지 않아 도로 술집으로 내려
오고 말았다.

(1937년 3월)

# 이태준 연보

# 이태준 연보

1904년(1세)     11월 4일 강원도 철원군 묘장면 산명리에서
부 장기 이씨 창하昌夏와 모 순흥 안씨 사이
의 1남 2녀 중 장남으로 출생. 본명은 규태
奎泰. 부 이창하의 정실은 한양 조씨이고 적
자로 규덕奎德이 있음. 호는 상허尙虛, 상허당
주인尙虛堂主人.

1909년(6세)     개화파였던 아버지를 따라 러시아 블라디보
스토크로 이주. 그해 8월 아버지의 죽음으로
귀국중 함북 배기미(梨津)에 정착. 서당에 다
니며 한문을 수학.

1912년(9세)     어머니의 죽음으로 외할머니를 따라 철원
용담으로 귀향.
친척집을 전전함.

1915년(12세)     안협의 5촌집에 입양. 다시 용담으로 돌아와

5촌 이용하李龍夏의 집에 기거함.

사립 봉명학교에 입학.

1918년(15세)  3월에 사립 봉명학교 졸업.

철원 읍내 간이농업학교에 입학하나 한달
후 가출.

여러 곳을 방황하다 원산에 객줏집 사환으
로 정착.

외조모가 찾아와서 보살핌. 이때 문학서적
탐독.

이후 중국 안동현까지 인척 아저씨를 찾아
갔다가 뜻을 이루지 못하고 경성(서울)까지 옴.

1920년(17세)  4월 배재학당 보결생 모집에 응시하여 합격
하나 등록하지 못함. 낮에는 상점 점원으로
일하며 밤에는 야학에 나가 공부함.

1921년(18세)  4월 휘문고등보통학교에 입학.

고학생으로 비교적 우수한 성적을 받음.

스승으로 가람 이병기, 같은 학예부원으로
상급반에 정지용, 김영랑, 박종화 등이, 하급
반에 박노갑이 있었음.

1924년(21세)  휘문고등보통학교 학예부장으로 활동.

《휘문》 제2호에 동화 〈물고기 이야기〉 등 6

편을 발표.

6월 동맹휴교 주모자로 4학년 1학기에 퇴학. 이어 휘문고보 친구인 김연만의 도움으로 일본으로 건너감.

1925년(22세)  일본에서 단편 〈오몽녀〉를《조선문단》에 투고하여 입선 (이 작품은《시대일보》7월 13일자에 발표됨), 문단에 나옴.

1926년(23세)  4월 동경 상지대학上智大學 예과에 입학. 신문, 우유 배달 등을 하며 매우 궁핍한 생활 속에 나도향 등과 교우.

1927년(24세)  11월 상지대학을 중퇴하고 귀국함. 각 신문사와 모교를 방문, 일자리를 구하나 취업난에 허덕임.

1929년(26세)  《개벽》사에 입사. 《학생》《신생》 등의 편집에 관여함. 이때 소년물과 콩트를 다수 발표.

1930년(27세)  이화여전 음악과 출신 이순옥李順玉과 결혼.

1931년(28세)  《중외일보》기자로 근무. 신문의 폐간으로《조선중앙일보》학예부 기자가 됨. 장녀 소명小明 태어남.

경성부 서대문정 2정목 7의 3 다호에 거주.

1932년(29세)   이전梨專, 이보梨保, 경보京保 등의 학교에 출강함.

장남 유백有白 태어남.

1933년(30세)   박태원, 이효석 등과 '구인회九人會'를 조직.

경성부 성북정 248번지로 이사.

이후 월북 전까지 이곳에 거주.

1934년(31세)   차녀 소남小楠 태어남.

1935년(32세)   《조선중앙일보》 퇴사, 창작에 몰두함.

1936년(33세)   차남 유진有進 태어남.

1938년(35세)   만주 지역을 여행함.

1939년(36세)   《문장》의 편집자 겸 소설 추천 심사위원으로 활동(임옥인, 곽하신, 최태응 등이 추천됨).

이후 황군위문작가단, 조선문인협회 등의 단체에서 활동.

1940년(37세)   3녀 소현小賢 태어남.

1941년(38세)   제2회 조선예술상 수상.

1943년(40세)   강원도 철원 안협으로 낙향.

해방 전까지 이곳에서 칩거함.

1945년(42세)   문화건설중앙협의회, 문학가동맹, 남조선민전 등의 조직에 참여, 문학가동맹 부위원장,

민전 문화부장을 맡음.

《현대일보》주간에 취임.

1946년(43세)　7월~8월경 월북.

〈해방전후〉로 제1회 해방문학상 수상.

10월 방소문화사절단 일원으로 소련 여행.

1947년(44세)　5월 소련 여행기인 〈소련기행〉이 남한에서 출간됨.

1948년(45세)　8·15 북조선최고인민회의 표창장 받음.

북조선문학예술총동맹 부위원장, 국가학위 수여위원회문학분과 심사위원.

1952년(49세)　남로당과 함께 숙청될 위기에서 소련과 기석복의 후원으로 살아남으나 문단활동은 미약함.

1954년(51세)　3개월간의 사상검토 작업 중 과거를 추궁당함.

1955년(52세)　이광수, 박창옥 등과 함께 비판당함.

1956년(53세)　소련파 몰락과 함께 '구인회' 활동과 사상성을 이유로 1월 조선노동당 중앙위원회 상무위의 결의로 임화, 김남천과 함께 비판받음.

2월 '평양시 당관할 문학예술부 열성자대회'에서 한설야에 의해 비판, 숙청당함.

| | |
|---|---|
| 1957년(54세) | 함흥《노동신문사》 교정원으로 배치됨. |
| 1958년(55세) | 함흥 콘크리트 블록 공장의 파고철 수집 노동자로 배치됨. |
| 1964년(61세) | 중앙당 문화부 창작 제1실 전속작가로 복귀함. |
| 1969년(66세) | 강원도 장동탄광 노동자 지구에서 사회보장으로 부부가 함께 삶. |
| | 이후 연도 미상이나 사망한 것으로 알려짐. |

# 복덕방

**개정판 1쇄 발행 |** 2012년  4월 10일
**개정판 3쇄 발행 |** 2019년 10월 30일

**지은이 |** 이태준
**그린이 |** 전규태
**펴낸이 |** 윤형두
**펴낸곳 |** 종합출판 범우(주)

**등록번호 |** 제406-2004-000012호(2004년 1월 6일)
(10881)  경기도 파주시 광인사길 9-13 (문발동)
**대표전화 |** 031-955-6900,  **팩스 |** 031-955-6905

**홈페이지 |** www.bumwoosa.co.kr
**이메일   |** bumwoosa1966@naver.com

ISBN  978-89-6365-072-2 03810

# 범우 희곡선

## 연극·영화·예술에 관심있는 독자들의 필독서

세일즈맨의 죽음 아서 밀러/오화섭
코카시아의 백묵원 베르톨트 브레히트/이정길
몰리에르 희곡선 몰리에르/민희식
간계와 사랑 프리드리히 실러/이원양
욕망이라는 이름의 전차 테네시 윌리엄스/신정옥
에쿠우스 피터 셰퍼/신정옥
뜨거운 양철지붕 위의 고양이 테네시 윌리엄스/오화섭
유리 동물원 테네시 윌리엄스/신정옥
빌헬름 텔 프리드리히 실러/한기상
아마데우스 피터 셰퍼/신정옥
탤리 가의 빈집(외) 랜퍼드 윌슨/이영아
인형의 집 헨릭 입센/김진욱
산불 차범석
황금연못 어니스트 톰슨/최현
민중의 적 헨릭 입센/김석만
태(외) 오태석
군도 프리드리히 실러/홍경호

알라신의 마지막 이름 귄터 아이히/김광규
유령 헨릭 입센/김진욱
느릅나무 밑의 욕망 유진 오닐/신정옥
지평선 너머 유진 오닐/오화섭
굴원 곽말약/강영매(외)
채문희 곽말약/강영매(외)
새야 새야 파랑새야 차범석
피그말리온 버나드 쇼/신정옥
억척어멈과 그 자식들 베르톨트 브레히트/이연희
벚꽃동산 안톤 체호프/홍기순
황색여관 이강백
키친 아놀드 웨스커/이태주
사랑과 죽음의 유희 로맹 롤랑/유호식
밤주막 막심 고리키/장윤선
피의 결혼 F.로르카/정석옥
한여름 밤의 꿈 W.세익스피어/이태주
햄릿 W.세익스피어/이태주
밤으로의 긴 여로 유진 오닐/황호문
서푼짜리 오페라 베르톨트 브레히트/김화임
갈매기 안톤 체호프/홍기순
바냐 아저씨 안톤 체호프/홍기순
세 자매 안톤 체호프/홍기순
구리 이순신 김지하
어디서 무엇이 되어 만나랴 최인훈
오이디푸스 왕 소포클레스/황문수

▶ 계속 펴냅니다

# 세계의 신화 Myths of World

**게르만 신화와 전설** 라이너 테츠너 지음/성금숙 옮김 　북유럽의 신들은 결코 벌을 주는 신, 즉 두려움을 불러일으키는 위력의 존재로 묘사되지 않는다. 그들은 인간들로부터 무조건 굴종을 요구하지도 않는다. 오히려 신과 인간의 관계는 부모와 자식 사이처럼 허물이 없다. 신들도 인간적인 속성을 지니고 있으며 그들은 불면의 존재도 아니고, 그렇다고 전지전능하지도 않다. 그들은 사랑할 만한 약점들을 지닌 존재이다. 신국판·670쪽·값 20,000원

**유럽 신화** 재클린 심슨 지음/이석연 옮김 　'신화'의 주요 특징들은 유럽 전역에 걸쳐 매우 일관되게 나타난다. 그것들을 연구한 이 책은, 초자연적 존재에 대한 신앙들이 어떻게 오늘날까지 대중문화에 의미 있는 요소로 작용하게 되었는지를 보여주는 참으로 흥미진진한 내용을 담고 있다. 신국판·360쪽·값 12,000원

**이집트 신화** 베로니카 이온스 지음/심재훈 옮김 　이 책은 이집트 여러 지역에 있는 고유의 창조 신화를 다루고 있다. 눈이나 아툼, 라 등과 같은 태초의 신, 네케베트와 아몬, 아텐 등의 파라오와 왕국의 수호신, 프타와 세크메트 등의 창조와 다산·출생을 담당하는 신, 세케르와 셀케트 등의 죽음의 신과 같은 여러 신들이 등장한다. 특히 각 지역별 신들에 대한 숭배는 고대 이집트의 왕권 확립 및 계승, 당시의 정치 제도 및 사상, 생활을 엿볼 수 있게 한다. 신국판·356쪽·값 13,000원

**인도 신화** 베로니카 이온스 지음/임 웅 옮김 　수천 년 동안 군사적으로 우월했던 침략자들이 대부분 북서쪽에서 인도 대륙으로 침입해 들어왔는데 11세기경 무슬림을 제외하고는 대부분의 침략자들이 인도에 동화되었다. 침략자들은 그들이 정복했던 민족의 보다 선진적이고 깊이 뿌리내린 문화에 영향을 미침으로써 신과 신화가 더해졌다. 아리안족 또는 베다족의 신들과 드라비다족의 토착신들이 뒤섞이면서 힌두교 뿌리가 갖춰졌다. 신국판·384쪽·값 13,000원

**스칸디나비아 신화** 엘리스 데이비슨 지음/심재훈 옮김 　이 책의 주요 대상이 되는 지역은 노르웨이, 덴마크, 스웨덴, 아이슬란드다. 핀란드 서부가 포함되는 스칸디나비아 반도를 중심으로 하고 있는데 북유럽 지역을 포괄하는 신화로 볼 수 있다. 거칠고 추운 자연환경을 극복하면서 그들 스스로 만들어 간 문화 및 그 변화 과정이 스칸디나비아 신화의 내용에 그대로 나타나 있다. 이 책에서는 〈에다〉를 주요 전거로 삼고 있으며, 이는 북유럽 신화 기본 자료이기도 한다. 신국판·316쪽·값 12,000원

**아프리카 신화** 지오프레이 파린더 지음/심재훈 옮김 　아프리카는 크게 이집트 지역과 사하라 사막 이남의 '블랙 아프리카'로 나눈다. 이집트는 역사적으로나 문화적으로 중지중해와 서남아시아 지역과 더욱 밀접한 연관을 맺어온다. 이 책은 사하라 사막 이남의 이른바 '블랙 아프리카' 지역과 그 주민들 자체의 역사, 신화, 문화 등을 올바르고 상세하게 그리고 있어, 소외된 아프리카에 대한 신화를 풍부하게 접할 수 있는 기회를 제공해준다. 신국판·316쪽·값 12,000원

**중국 신화** 앤소니 크리스티 지음/김영범 옮김 　중국의 신화속에는 인간과 세계의 원형적인 모습과 근원적인 물음들이 날실과 씨실로 짜여 녹아들어 있고, 이 지상의 일시적인 시간성을 초월하려는 웅대한 상징과 꿈이 담겨 있다. 세상이 열리고 영웅이 등장하며, 인간의 육체와 정신을 뛰어넘는 괴설이 등장한다. 신국판·262쪽·값 13,000원

시대를 초월해 인간성 구현의
모범으로 삼을 만한 책을 엄선하여 엮다!

# 범우 고전선

현대사회를 보다 새로운 시각으로 종합진단하여
그 처방을 제시해주는,

# 범우 사상신서

▶ 계속 펴냅니다